若さま左門捕物帳

さらば隠密

聖　龍人

コスミック・時代文庫

この作品はコスミック文庫のために書下ろされました。

目次

第一話　茶屋女殺人事件

一

地獄の窯《かま》が開いたのか、と江戸の人々はざわついていた。

もちろん、そんなわけがない。

ただ、暑い。

それだけのことなのだが、桜が散ったと思ったら、いきなり汗まみれになるような日々が三日も続いているからだった。

「閻魔《えんま》さまが怒っているんだ」

「月から兎が蹴飛ばされて落ちてきたんだ。その恨みだろう」

などという、馬鹿な噂も出まわっている。ようするに、江戸っ子はどんなことでも言葉で遊びを楽しむのである。

だが、浅草《あさくさ》や両国《りょうごく》界隈では、そろそろ別の話題に移りつつあった。

「おめぇ、聞いたかい」

「いまから聞いてやるぜ」

「……あのな」

「早くいえ」

「両国のお律《りつ》と、浅草のお巻《まき》が戦うってえ話を知ってるかい」

「ふたりとも人気の茶屋女だな」

「あぁ、そのとおりだ。そのふたりが、いま江戸の茶屋女人気を二分してるってわけだが」

「どっちも会ったことはねぇ」

「ふん、それは可哀相に。おれは浅草奥山《おくやま》のお巻しか会ったことはねぇ」

「……嘘つけ。ふたりがいる茶屋は、ちいっとばかり値段が張るってぇじゃねぇかい。そんな店に、おめぇが行けるわけがねぇ」

「誰が店で会ったといった。お巻が時の鐘の前を歩いているところを見たのさ」

「それは会ったとはいわねぇ」

「堅いこというんじゃねぇよ、とにかく、そんなんでおれは、お巻が贔屓《ひいき》なんだがな」

このままふたりはくだらぬ会話を続けるのだが、まとめるとこうなる。

江戸の水茶屋に勤める女のうち、なかでも、両国回向院《えこういん》前の三条屋のお律と、浅草奥山にある青葉屋の女、お巻とで、人気は割れていた。

「江戸一の茶屋女は誰でしょうねぇ」

そんな会話がどこからか湧いてきたのが、ふた月ほど前。

江戸っ子は、そんな噂が大好きである。あっという間に、あちこちに広がり、

「そんなに気になるなら、一番を決めようじゃねぇか」

大工に左官、料理職人に呉服屋の主人、金物屋の若旦那……。

いろんな連中が立ちあがろうとする。

しかし、人気大会を開くには、金がかかりすぎる。といって、どこぞの旦那衆が集まると、お互いの贔屓に話がいって、喧嘩になる。

これは大会など開くことはできないだろう、とあきらめかけていたところに、

「私が、全面的に支援しましょう」

申し出たのは、両国とも奥山ともかかわりのない、道灌山《どうかんやま》下で呉服屋をかまえる越中屋《えっちゅうや》与右衛門《えもん》であった。

与右衛門ならば、どちらの贔屓もするような真似はしないだろう。

奥山の連中も、両国の贔屓筋も否はない。

さっそく江戸は、その話でもちきりになっているところであった。


「馬鹿なことをやるものだ」

話を聞き終わると、早乙女《さおとめ》左門《さもん》は、あぁ、ひまだひまだ、といいながら、ごろりと横になる。

この男、裏神保小路《うらじんぼうこうじ》にある旗本家、三千五千石のご大身・早乙女《さおとめ》佐衛門《さえもん》寿明《としあき》の長男である。

早乙女家には、今年二十一歳になる双子の兄弟がいた。

兄は、左門、弟が右門《うもん》。

これが、愚兄賢弟《ぐけいけんてい》と称されるような兄弟であった。

いま横になって、ひまだ、と騒いでいるのは、兄の左門。

対して弟の右門は、ふたりが通っている南條道場《なんじょうどうじょう》の師範代となり、忙しい毎日を送っていた。少し前に右門は目を怪我したのだが、それもかなり快復し、剣を普通に扱えるようにまでなっていた。

そしてこの右門、喜多《きた》という許嫁《いいなずけ》がいる。

喜多の父は、今川町に屋敷をかまえるこれまた名門旗本で、親同士もつながりがあり、左門右門の双子と喜多は、幼きころから仲良しの……いわば幼馴染みであった。

いかにも名門旗本の若さまのような真面目な右門にくらべ、左門は無役をいいことに、道場は怠ける、勉学もそこそこ、横道に逸れてはふらふらと遊んでばかりの毎日を過ごしていた。

といって、賭場《とば》通いをするわけでもなければ、茶屋女を追いまわすような不埒《ふらち》な行動はいっさいしない。

そして近頃、早乙女兄弟は、新しい遊びを見つけた。

以前から知りあいであった南町吟味《ぎんみ》与力《よりき》の徳俵《とくだわら》成二郎《せいじろう》の手伝いなどをして、町方の真似事などをした結果、事件の探索に楽しさを見出したのである。

そしてそれは、毎日がひまな左門だけでなく、几帳面な右門も同様で、みずからがかかわった捕物に関する帳面を、せっせと記しはじめた。

それを左門は、右門捕物帳、などと呼び、いざというときには目を通して、自分の探索に役立てているのであった。

したがって、いましきりとぼやいている、ひまだ、という言葉は、なにか新しい事件はないか、という訴えだったのである。

茶屋女の人気選抜大会の話をしていたのは、まさに、徳俵成二郎。

相撲取りではないかと思えるほどの巨体で、見まわりと称しては、ちょくちょく早乙女家に出入りしている。

その目的は、ときおり左門が放つ探索の才能を、なにか捕物に結びつけられないかという魂胆なのであった。

「そんなわけですから、いま江戸は、大騒ぎです」

「知らぬな。そんな茶屋女、誰が一番になろうが、三番になろうが、私の知ったことではない」

「まぁ、左門さんはそうかもしれませんが、世間はそうではないのですよ」

「なぜ、そんな話をわざわざしにきたのだ」

「なにか起きたときの予習です」

「なにか、とはなんだ」

「それがわかれば、誰も苦労はしません。殺しやかどわかしは、通知のあとにやってくるわけではありませんからね。あんな派手な女たちが集まって、誰が一番だなんて決めるとしたら、その裏じゃどれだけの嫉妬や人の闇がうごめくか……

こりゃ、なにか起きるかもしれませんよ」

そんなものか、意味がわからんぞ、と左門は呆れ返っている。

だが数日して、そのなにかが起きてしまったのである……。


女の死体があがったのは、大川《おおかわ》の百本杭《ひやつぽんぐい》だった。

川岸に杭打ちされた水避けが並んでいる。その杭の間を、半裸の女の体が浮いたり沈んだりしていた。

野次馬たちの目には、長い黒髪が水に漂い、凄惨《せいさん》ななかにも優美な姿が写っていたという。

最初は、どこのどいつだ、と野次馬たちは目を皿にして裸の女を見ていた。

しかし、やがて法被《はつぴ》を着た職人風の男が叫んだ。

「あれは、両国のお律だ」

「お津だと。両国一番といわれるあのお律か」

両国の茶屋女として人気を独り占めにしているお津の死体だとわかって、男たちは色めきたった。

腕組みをしていた男たちが、我先にとお律の身体を引きあげるため、水に飛びこんだのである。

だが、そんな男たちを横目に見ながら、そばを通りかかった船が、あっさりと亡骸《なきがら》を引きあげてしまった。

船の主はお律の半裸の亡骸を横たえると、

「すぐ町方を……」

下男を自身番《じしんばん》に走らせた。

やってきたのは、南町奉行所与力の徳俵成二郎であった。

本来ならば目明《めあ》かしや同心が真っ先に来るはずなのだが、この成二郎はいささか変わり者で、いつもひとりで町中を歩きまわり、事件がないかと目を光らせているのである。

追いかけてきた若い小者が成二郎の横に立ち、

「旦那、これは両国のお律ちゃんですぜ。首に絞められた跡がありやす。どうやら絞殺《こうさつ》のようで」

「この女がそうなのかい。やはり、起こっちまったか……」

「やはりってのは、なんです」

「いや、こっちの話だ。あの茶屋女の一番をどうこうっていう、お律なんだな」

へぇ、と小者は応じる。

「それなら、下手人はあっさり決まったな。お律と敵対している女だ」

「……合点だ」

待て待て、どこに行く、と成二郎は走りだそうとする小者の袂《たもと》をつかんだ。

「お巻に縄を打ってきます」

「馬鹿者、疑いはあるが、まだ決まりじゃねぇ……そういえば、おめぇ、見たことのねぇ顔だが」

「へぇ、勤めは今日からなんです」

若い小者は、駒吉《こまきち》と名乗った。

「駒吉……あぁ、おめぇがそうかい。話は聞いている。だがな、あわてるんじゃねぇ。それと、おれの冗談を真に受けるな」

「合点承知之助」

また離れようとする駒吉の背中を、ふたたび叩いて呼び止め、

「おまえ、大丈夫か」

「へぇ、まぁ、身体は丈夫です」

「……まぁ、それはそれでけっこうなことだが、探索であまり急ぎすぎると、ろくな目に遭わねぇぞ」

笑いながら、成二郎は駒吉に、裏神保小路の早乙女右門さまを連れてくるようにと命じた。

二

茶屋女の一番人気を決めようという大会も、お律が殺されたことで、開催が中止となってしまった。

茶屋が大好きな男たちは、お律はどうして殺されたのか、誰がやったのかと騒然としている。

なかには、下手人を自分の手で捻《ひね》り潰《つぶ》してやる、と息巻く乱暴な贔屓筋もいて、女たちを守るためと称し、みずから町をうろつきはじめる連中も出てきた。

なかには、お律の命を奪ったのはお巻の取り巻きに違いない、とすっかり信じこんでしまった者もいるらしい。

「奥山に乗りこんで、火をつけてやれ」

「いや、それじゃ足りねぇ。浅茅《あさぢ》が原《はら》に連れていって、鬼婆《おにばば》に食わせてやれ」

「いやいや、不忍池《しのばずのいけ》に、まとめて投げこんでしまえ」

などなど、物騒な意見が出はじめていた。

そんな馬鹿な輩を鎮《しず》めるため、成二郎は駒吉を使って、片っ端からしょっぴいていった。

「よけいなことをした連中は、どんどん捕まえろ。とくに誰の贔屓筋でもかまわねぇぞ」

そう成二郎から命じられ、張りきった駒吉は、両国から奥山に足を伸ばし、騒ぎを起こした連中を、片っ端から自身番に押しこんでしまった。

といっても、いつまでも留めておくわけにもいかず、とりあえず脅しとしての捕縛《ほばく》であるため、みなはすぐ放免されるのだが、それでも、

「縄を打たれたんじゃたまらねぇ」

と、ある程度のおさえにはなっていた。

なかには、とばっちりを受けた町民もいて、引っ張ってきた連中で隙間がなくなった自身番から、情けない愚痴《ぐち》がこぼれるほどである。

なにしろ、ちょっとした口喧嘩や、こづきあい程度でしょっぴかれてしまうの

だ。自身番に押しこめられた男たちは不服を訴えるが、成二郎は駒吉に向かって、どんどん進めろ、とまったく手をゆるめなかった。

じつは、その裏には、右門の考えがあった。

「人気大会に出場する茶屋女は、お律やお巻だけではありませんよね」

右門は成二郎にそう尋ねた。

「そうでしょうねぇ、江戸にいる茶屋女は大勢いますから」

「では、お律を消して、自分の贔屓を勝たせたい、有名にしたいと願うのは、お巻の取り巻きだけではないでしょう」

「まぁ、そういうことになるかもしれねぇ……」

「茶屋女を贔屓する男たちを片っ端から捕まえていけば、下手人が焦ってなにか尻尾を出すかもしれません」

そういった右門の策なのだが、その捕物帳には、すでに三軒茶屋《さんげんぢゃや》のお吉《きち》、目黒《めぐろ》不動《ふどう》前のお力《りき》……など、大会に出場する予定だった茶屋女の名前が続々と記されている。

それらの名前を確認しながら、右門は首を傾げる。

「どうしました」

成二郎が、怪訝《けげん》な目で右門を見た。

「いや、どうもわからない」

「なにがです」

「お律は、なぜ殺されたんでしょう」

「ですから、それを調べるために、駒吉を走らせているのではありませんか」

「そのつもりだったんですけどねぇ」

殺された理由がわからない、と右門は首を傾げる。

「下手人を捕縛したらわかります」

「はい……」

成二郎は、どうせ贔屓同士の喧嘩に巻きこまれたのだろう、という。

「それだけならいいんですけどねぇ」

「その顔は……」

じつのところ成二郎は上司から、別件の探索も命じられている。

子どものかどわかし、という不穏な事件なのだが、いまのところこれといった有力な手がかりは得られていなかった。

右門はその件との関係性をいいたいのではないか、と成二郎は気がついた。

案の定、右門は深刻そうな表情で、

「例のかどわかしの件と、かかわりがなければいいのですが」

「いや、むしろそうだったら、好都合かもしれませんぞ」

「どうしてです」

「お律のまわりを調べれば、手がかりを見つける糸口になるかもしれねぇ」

「なるほど、それはいえますすね」

右門も得心顔になると、捕物帳になにやら書き足している。

「なにを書いているんです」

「いまの疑問点を書き残しておこうと思いました」

「几帳面なことで」

「この捕物帳は、過去から未来への伝言ですからね」

「なるほど、三日後かもしれねぇ、ひと月後かもしれねぇ。そのときに見たら、いま考えていた内容が伝わるってぇわけですね」

「はい」

右門は、捕物帳になにやらまた書きこんでいる。

中身をのぞこうとした成二郎は、まぁ、あとでいいか、とつぶやき、

「いつものことですが」

「兄上には見せるな、といいたいのでしょう」

「……ま、どうせ、またあっさりと見せてしまうんでしょうがね」

「そうですね」

成二郎としては、捕物帳に書かれた内容は奉行所以外の人間には見せたくない。いろいろと公にできぬ秘密が記されているからだ。だが、左門はいつもどこ吹く風で捕物帳を閲覧《えつらん》し、その結果、事件を解決に導いている。

「まぁ、解決の糸口になるのならいいんですけどね」

「おや、少し甘くなりましたね」

「……大事なことは、事件の解決ですから」

「なるほど」

成二郎を見つめると、負け惜しみではなく、本気でそう考えている顔つきであった。

そんな会話をしているところに、駒吉が汗を流しながら寄ってきた。

「どうした、そんな顔をして」

駒吉は、興奮顔で叫んだ。

「鮫川《さめがわ》さまが、お律殺しの下手人を捕縛してしまいました」

「なんだって」

鮫川源五郎《げんごろう》は、北町奉行所の定町廻り《じょうまちまわ》同心である。

我田引水《がでんいんすい》が激しく、さらに自白を強要して手柄を独り占めにしようとするなど、なにかと評判の悪い同心であった。

そんな鮫川が、すでに下手人を捕縛したと聞いても、成二郎としては喜ぶ気にはなれない。間違っている可能性が高いからだ。

だからといって、放っておくわけにもいかず、

「相手はどこの誰だ」

「へぇ、奥山で独楽まわしなどの芸を売っている、青造《あおぞう》という野郎です。なんでもお律といい仲で、最近、派手に喧嘩をしていたとか」

「青造だと……聞いたことのねぇ名前だな」

奥山の見世物小屋に出ているなら、成二郎はたいていの名前は知っている。だが、その名ははじめてだ、と首を傾げた。

「つい三月ほど前、旅芸人と一緒に江戸に来たってぇ話ですが」

旅芸人といっても、奥山で興行《こうぎょう》をしているわけではなく、小さな空き地を見つ

けては、そこで公演をする集団らしい、と駒吉は答えた。

「へぇ、そんな連中がいるのかい」

「出羽《でわ》とか陸奥《むつ》とか、そんなところからおりてきたらしいですがね」

ふうん、と成二郎は、いまの駒吉の話までていねいに書き記している右門に顔を向けた。

筆を置いた右門は、駒吉に問う。

「その旅芸人の名前を教えてください」

「つばくろ旅団、とかいいましたかね」

「なるほど、旅のつばくろ、か。どんな連中なのだ」

駒吉は、へへへと笑いながら、

「座長が、空切飛子《そらぎりとびこ》とかいう、ふざけた名前の女役者です」

「空切飛子だと、人を食ってるな」

「でっしょう、でもこれが、無類のいい女ときてましてね」

「……駒吉、おめぇ、年はいくつだ」

「十八歳です」

「その年じゃ、そんな言葉はまだ早ぇな」

不服そうな顔をする駒吉を無視して、成二郎は右門に語りかける。

「どう思います。なにか匂うような気もしますが」

「どうでしょうねぇ。でも、空切飛子……一度会ってみたい気もしますね」

「おや、喜多さんという人がいるじゃねぇですかい」

「変な気持ちではありませんよ」

あわてて否定する右門に、本当かなぁ、といったのは駒吉である。

馬鹿野郎、と成二郎に頭を張り倒され、駒吉は逃げだそうとする。

「駒吉さん。それよりその青造とやらは、どこの自身番に押しこめられているんです」

右門の問いに、下谷二丁目の自身番です、と駒吉は答えた。

「行ってみましょう」

右門が進みだそうとすると、駒吉が呻いた。

「鮫川さんが嫌な顔をしますね。本当に下手人なら、お手柄ですから」

手柄と聞いて、成二郎は嫌そうな顔した。

「あの男が手柄をあげるとは思えねぇ」

「ならば、その間違いを正さなければ、青造とやらが可哀相です」

右門が答えると、

「なるほど、まちげぇねぇ」

成二郎は駒吉に目を送り、ついてこなくてもいい、と手を振った。

だが、駒吉はぐずぐずしている。

「なにしてるんだい」

「なにか、やることはありませんか」

「とりあえず、見まわりをしっかりしてこい」

合点、といって、駒吉は走りだした。

三

下谷二丁目の自身番に入ると、青造らしき男が、縄に巻かれたまま転がっていた。そばには竹筒が落ちていて、まわりは水に濡れている。

おそらく、鮫川が水を飲ませるふりをして、ぶちまけたのだろう。

成二郎が、青造の身体を抱き起こした。

竹筒に水を注いで、右門が戻ってくる。

「ありがてぇ」

青造は泣きながら、喉を鳴らして飲み干した。

「青造といったな。おまえがお律を殺したのか」

「まさか、そんなことするわけがありません」

「おめぇは、お律と喧嘩をしたそうじゃねぇか」

「たしかに、いいあいはしました。でも、それは事件の数日前……いや、もっと前の話です」

喧嘩が原因で殺すなら、もっと前に殺している、と青造はいう。

右門と成二郎は目を合わせる。

鮫川はちゃんと調べたのだろうか。とりあえず成二郎は声を低めて、

「いまのおめぇの話の裏を取るからな。もし、嘘だったら、いま飲んだ水を全部吐きだしてもらうぜ」

「どんなことをされてもかまいません」

青造は、しっかり調べてくれ、と訴えた。嘘はいっていないように見える。

「じゃぁ聞くが、喧嘩の原因はなんだ」

「それは……」

「いえねぇのか。なら、やはりおめぇの犯行か」

「わかりました、話します。江戸に来る前、伊達《だて》さまのご城下に寄ったのです。そりゃあ、大きな町でした。でも、江戸の賑わいは比較にならねぇ。やっぱり江戸一番の茶屋女を見てぇと、お律の店に行ってみたんです」

江戸生まれのお律は、出羽や陸奥の話に興味を持ち、すぐにふたりの気持ちは近づいた。

だが、ふたりがいい仲になった翌日、青造はお巻の店にも足を運んだ。

「なるほど、おめぇの浮気が原因かい」

「それも違います。飛子さんの贔屓が連れていってくれただけのことで、乗り換えたわけじゃありません」

旅芸人は、贔屓から見放されてしまっては公演ができなくなる。付き合いは大事なのだ、と青造はため息をつく。

お巻の店に行ったという噂を聞いたお律は、青造に怒りをぶつけた。青造は必死にいいわけをしたのだが、お律は聞く耳を持たなかったという。

「納得してくれなかったのかい」

「いいえ、最後にはしかたがない、とわかってくれましたよ……」

「なんだか、嘘くせぇなぁ」

首を振りながら、成二郎は右門を見る。

「嘘にしてはあまりにも、下手すぎますからね」

真実なんだろう、と右門はいいたいらしい。

本当に本当です、と青造は右門にすがりついた。

「わかりました。でも、いまの話も、裏を取らせてもらいます」

裏を取るといっても、お律のほうはもう亡くなっている。ほかに証言してくれそうなあてもない。

濡れ衣を着せられるのではないかと、青造が危惧していると、

「真実はひとつ。調べたらわかります」

まるで左門がいいそうな台詞で、右門は笑みを浮かべた。


右門と成二郎のふたりは、下谷《したや》から上野《うえの》山下《やました》を抜けて、浅草奥山に向かった。

下谷界隈とはまた違った猥雑《わいざつ》さに包まれた奥山は、さすが江戸一番といわれるほどの賑わいである。

それだけに、浅草浅草寺《せんそうじ》を象徴する雷神門《らいじんもん》の通りは、水茶屋や菜飯屋を筆頭に、

簡素な床店も並んでいた。

奥山に入ると、そこでまた景色は一変し、大芝居小屋など見世物小屋が目に入ってくる。

そぞろ歩きをしている人混みのなかを、右門と成二郎はお巻が勤める青葉屋に向かっていた。

と、どこかから怒声が聞こえてきた。

喧嘩がはじまったらしい。

成二郎は、またかという顔つきで、

「この界隈じゃ、珍しい話じゃありませんよ」

「……でも、なんかおかしくはありませんか」

「なにがです」

「いいあいの声が、すぐに聞こえなくなりました」

「やめたんでしょう」

「違いますね。これは、まわりが驚いて声を失っているんです」

そういうと、右門は人混みのなかに突っこんでいった。

あわてて、成二郎も続く。

集団のなかを掻《か》き分けていくと、目の前に輪が作られていた。

どうやら、そのなかで喧嘩がはじまっているようだ。

喧嘩は、一対一ではなく、ふたりと三人のようだった。

「止めましょう」

右門が前に出ようとすると、成二郎はその背中をつかんだ。

「いや、もう少し様子を見ましょう。なにが原因なのかを知りてぇ」

「わかりました」

右門は足を止めた。

五人とも法被を羽織っているところからして、職人なのだろうか。

右門は、そのなかのひとりに注目した。二十歳前後の顔つきの若い男で、手にしているのが匕首《あいくち》ではなく、長ドスだったからである。

やくざには見えない若い男が、長ドスを手にしているのか。

おそらく、野次馬たちが静まったのは、そんな光景にただの喧嘩ではない危険な匂いを感じたからだろう。

成二郎も長ドスを見て、眉をひそめる。

「あの野郎、どうしてあんなものを持っているんだい」

命の奪いあいをするほどの喧嘩なのか、といいたいらしい。

「喧嘩の原因はなんなんだ」

そうささやいたところで、輪のなかに飛びこんだ者がいた。

「やめろ、やめろ。みんな、いっせいにしょっぴくぞ」

そのあたりで拾ったのか、鉤形に伸びている枝を前に突きだした。十手《じって》代わりらしい。

「あやつ、よけいなことを」

「駒吉が出てきたということは……」

「そうか、お律とお巻の代理の喧嘩か」

そのようですね、と右門はうなずいた。

「こうなったら、駒吉の腕を見てやるか」

にやりとした成二郎は、腕を組みながら薄ら笑いを見せる。

「喧嘩の仲裁になるか、それとも、もっとひでぇことになるか。これは見ものだぜ」

五人の前に出た駒吉は、枝十手の先端を全員に突きだしながら、

「いつまでも睨《にら》みあっているようじゃ、全員、お縄になりてぇらしい」

誰も返事はしない。

お互い、敵の顔を凝視しあっているだけだ。

駒吉の言葉は、無視されているようである。

駒吉が、またなにかいおうとしたそのとき、

「やめてください」

渋茶の小袖に墨色の前垂れをつけた女が、前に出てきた。

右門のまわりから、お巻だ、という声が漏れた。

どうやら、あれがお巻らしい。

殺されたお律と人気を二分したといわれているだけあって、背筋が伸びて顎《あご》を引いた姿は、たしかに人を引きつける魅力を放っていた。

「大丈夫です。喜多さんのほうが、いい女です」

成二郎が真面目な顔で、右門に告げる。

「はい、それはわかっていますから」

これまた真剣な顔で、右門は応じた。

「それは失礼いたしました」

そんななか、お巻は駒吉の前に出て、

「親分さん、ご面倒おかけして申しわけありません」

親分と声をかけられた駒吉は、照れ笑いをしながら、

「いや、親分と呼ばれるほどの者じゃねぇが……おめぇ、お巻だな」

「はい、ここは私の顔に免じて、その珍しい十手をおさめていただけませんか」

あわてて駒吉は、枝十手を後ろに隠した。

そろそろ出番か、と成二郎は懐手《ふところで》を解いて、輪のなかに足を踏み入れた。

右門も続くかと思われたが。となりにいる男と話をしているところだった。成二郎はひとりで、お巻と駒吉の間に立つ。

「駒吉、あとは引き受けた」

「あ、徳俵の旦那」

あぁ、と鷹揚《おうよう》に答えた成二郎は、お巻に目を向ける。

「おめぇさんが、お巻か。お律と江戸の人気を分けあっていたそうだが」

「さぁ、それは、よそのかたたちがおっしゃっていることでございますから」

「なるほど、謙虚なものだ」

ありがとうございます、とお巻は腰を折る。

まさにこれから斬りあいでも起きようかというところに、駒吉が現れ、次いでお巻が出てきて、最後は町方与力の出場だ。

あげた手をおろせずにいた男たちは、目を交わしあっている。

「やいやいやい、長ドスなんざ持ちだして、こんな奥山の人混みのなかで、なにをしようってんだ」

お巻から視線を変えた成二郎が、いまだ輪を解こうとしない男たちに声をかけた。

「野郎ども、全員、そこの自身番に集まるんだ。逃げたりしたら、そこの枝十手の親分が首根っこひっ捕まえるからな。悪いが、お巻さんも一緒に来てくれ」

駒吉は、一度隠した枝十手を前に突きだし、全員を自身番まで連れていく。

お巻も抗わずに従い、当然ながら右門も続いた。

それだけの人数が自身番に入ると、満杯になる。

「暑苦しいなぁ」

成二郎は額の汗を拭きながら、男たちの素性を聞いた。

右門は、それを書き留める。

お律側が三人。両国を根城に働く連中で、それぞれ、仙一《せんいち》、仙二《せんじ》の兄弟と、従《いと》兄《こ》の滝助《たきすけ》だと名乗った。三人とも大工だという。

一方、お巻側はふたり。祐三《ゆうぞう》が鋳掛屋《いかけや》。留次《とめじ》という男は、錺《かざり》職人だった。

「お巻さんに聞きたいことがあります」

帳面を開きながら、右門が笑みを浮かべた。

「はい、こちらもお役人さんには聞いておいてもらいたいことがあります」

「それは、ちょうどよかったですね。では、よければお先にどうぞ」

偉そうな態度を取る町方が多いなか、右門のていねいな応対に、お巻も心を許したらしい。

「お律さんは、可哀相なことでした。でも、私の贔屓筋が下手人だという噂を、なんとか払拭したいのです」

自分のまわりに人を殺すような悪人はいない、とお巻はいいきった。

「それは誰でも言う言葉だからな。あんたがどれだけ信じようと、悪党は陰でいろんなことをやるもんだ」

成二郎の言葉に、お巻は、そうかもしれませんねぇ、とあからさまに反対はしない。

「でも、もしかしたら、お調べの結果、私の言い分に間違いがないとわかるかもしれません」

「なるほど」

右門は、お巻の応対に感心する。

面と向かって反対するでなく、成二郎の気持ちも汲んでいる。お巻の人気の理由を見たような気がした。

「お律さんとは、知りあいだったのですか」

「いえ、働く場所が違いますからね。ただ、お互いの名前は知っていました。お律さんも、私の名前は知っていたと思います。だからといって、相手を貶《おとし》めるような真似は、どちらもしませんでしたよ」

江戸を二分する人気の女だけあって、お互いを認めあっていた、とお巻はいうのだった。

「お律が殺された日、あんたはなにをしていた」

成二郎の問いに、お巻は笑みを浮かべて、

「お店ですよ。それについては、お客さんたちが証を立ててくれると思います」

「そうだろうな。だけど、全員で口裏を合わせるということもある」

成二郎の顔を見つめるお巻の目は、最初は驚いていたが、すぐ笑みに変わり、

「お役人さまは、大変ですね」

そういって、まだなにかお聞きになりたいことがありますか、と尋ねた。

「……いや、もういい」

成二郎は、なんともいえぬ顔をしながら答えた。

「一本取られましたね」

右門が笑いながら、成二郎を見つめる。

「ち、嫌な女だぜ」

四

結局、お巻から有益な情報は聞くことができなかった。都合の悪い話を隠している様子もなく、そのまま帰すしかなかった。

さらに五人の職人は、たまたまあの場で顔を合わせ、お律側の兄弟が難癖をつけたのが、喧嘩のきっかけだったという。

長ドスを持っていたのも、そばにいた野次馬のひとりに、これでやっちまえ、と渡されたのだとか。

「なんだ、まったく収穫はなかったのではないか」

右門の話を聞き終えた左門は、捕物帳を取って確かめようとする。

左門の部屋に集まっているのは、早乙女兄弟と徳俵成二郎。

さらに、甚五《じんご》も少し座をさげて控えている。その横にいるのは、駒吉だった。

大事な会合に立ちあうことができたと喜んでいるのか、顔が高潮している。

成二郎は、左門の前に手を伸ばして、

「右門さん、だめ、だめ、いけません。左門さんに貸してはいけませんよ」

止めながらも、成二郎は半分、あきらめているようだった。

「いいですよ」

案の定、右門はあっさりと、帳面を左門に差しだした。

ペラペラと帳面に目を落としながら、

「ははぁ、それで鮫が捕まえた青造は、放免されたのか」

「いえ、まだ鮫川さんが納得をしていないらしくて、そのまま留め置かれているようです。まぁ、私の力ですぐ放免にしますが」

自信ありげに成二郎は答えるが、左門は、ふぅん、と応じただけである。

「おや、なにか青造に不審な点でもありますか」

「いや、ない。だが、このお律殺しはなぜ起きたのか。それと、半裸にされた理由がわからぬなぁ」

「私と目のつけどころは同じだ」

成二郎がいうと、左門は苦笑しながら、

「それはそれは。江戸一の与力どのと意見が同じなら、私の探索力も、なかなか捨てたものではないな」

右門はにやにやしながら、捕物帳になにやら書きこんでいる。

「右門さん、なにを書いているんです」

「裸にされた理由はなにか、と書きました」

「ついでに、私と俵さんの意見は同じだ、と書いておいてくれ」

わはは、と口を開く左門に、成二郎は嫌そうな顔をすると、

「帳面を読んでいて気になったのだが、茶屋女の大会の主催は誰だったかな」

左門が帳面を前後させていると、駒吉が勢いこんで答えた。

「道灌山下で呉服屋を開いている、越中屋です」

「越中屋といえば、近頃、名を成して、急に大きくなった店だな」

「へぇ、この越中屋の与右衛門という男が、金を出すという話でした」

「どんな男なのだ、その与右衛門なる男は」

興味深そうに左門が問うと、

「すみません、あっしはそこまでのお調べをまかされてねぇんで、へぇ」

悔しそうな声で、駒吉は答えた。

「こんなときは、おめぇさんに聞くとなんとかなりそうだが」

成二郎が、おとなしく話を聞いている甚五に目を向けた。

以前は、盗人《ぬすっと》などと席を同じくはしたくねぇ、とあからさまに嫌っていたはずなのに、夢お告げの事件から、甚五に対してあたりが違ってきている。

その態度の変化を、左門は笑いながら見ていた。

問われた甚五は、そうですねぇ、と膝を前に出して、

「人あたりは、いいと思います。それほど裏表があるような商売人には見えません。たいてい急激に商売が伸びた場合、鼻持ちならねぇ主人なんですがね。それほど悪い評判も聞かねぇ」

「茶屋女の大会を主催できるほどの分限者なのか」

「そのくらいは朝飯前でしょうねぇ」

ふむ、と左門はうなずき、

「そんな大会を主催する目的はなんだ」

「そらぁ、江戸中に越中屋の名前がとどろきます」

そこで、駒吉が口をはさんだ。

「一等は五百両てぇ話でしたからね。六等まで賞金が払われて、大会を開く費用は、全部で千両はくだらねぇという噂ですから」

「ひぇ」

左門が素《す》っ頓狂《とんきょう》な声を出した。

こんな左門の頓狂な言動は、みな慣れている。しかし、はじめて見た駒吉は、目を見開いていた。

「あの……」

「なんだ、どうした。なにか質問か」

「いまのは、なんですか」

「……気にするな」

「え……気にしなくていいのですか」

「よい、気にしてはいけない」

「そうなんですか」

「そうなのだ、いいから話を進めよ」

左門は薄笑いを見せながら、甚五に顔を向けた。

はい、と答えて、甚五は与右衛門について語る。

「ただこの与右衛門、悪い噂ってわけではないんですが、いささか変わり者でしてね。夢叶右衛門《ゆめかなうえもん》などという、ふざけた別名を名乗ってまして」

「なんだ、それは」

左門が笑うと、

「名前のとおりで、いろんな夢を語っては、それを叶えるために尽力する、とかなんとか」

「というと、自分だけの夢ではないのか」

「ときどき人を集めては、夢を叶える講義などをしているそうです」

「それなら、私も一度、参加してみたいものだ」

「本気ですか」

「本気、本気、私はいつも本気だ」

左門の人を食ったような答えに、成二郎が呆れたようにいった。

「……喜多さんが聞いたら、また、おふざけばかり、とどやされますよ」

そのとき、がらりと障子が開いて廊下から簪《かんざし》を光らせた娘が入ってきた。手に三味線《しゃみせん》を抱えている。

「誰が誰にどやされるのです」

喜多は、すうっと成二郎の前に腰をおろして、

「お答えください」

と、問いつめた。

成二郎が泡を食っている間に、左門はそっと立ちあがって、甚五とともに部屋を退出していた。

喜多から逃げるような形で部屋から抜けだした左門は、甚五と越中屋を訪ねてみることにした。

その道すがら、甚五が目を細めて左門に忠告した。

「喜多さんが来たのに、逃げだしていいんですかい」

「右門が相手になってくれるだろう。そんなことより、越中屋とはなんとも変わり者なのだな」

「まぁ、向こうも、左門さんにいわれたくはないでしょうがね。あっしも、きち

んと会ったことはありませんから、越中屋がどんな男かはよく知りません」

「盗人仲間はどういうておるのだ」

ここで左門がいう盗人仲間とは、密偵《みってい》仲間を意味している。

「さぁ……変わり者とはいえ、天下国家の邪魔になるような輩ではありませんでしょう。よくは知りませんよ」

「なるほど」

江戸の町に放たれている密偵は、幕府にとって好ましくない連中について、町の中に溶けこんで調べている。

もはや世間ではほとんど忘れられてしまっているが、いつ由比正雪《ゆいしょうせつ》のような男が現れるかわからない。いわば、幕府は密偵を使って、世間を見張っているのである。

越中屋が店をかまえる道灌山下に入ると、両国や奥山とは異なる庶民的な賑《にぎ》わいが目に入ってきた。

同じ江戸でも、繁華街にはそれぞれ匂いや味があるのだ。

越中屋に訪いを乞うと、若い男が出てきて、どんなご用事ですか、と尋ねる。

「夢を叶えたい」

左門が、目を見開きながら答えた。

「ははぁ……またですか」

「なんだって。私が尋ねるのは、はじめてだ」

「いえ、そうではなくて。近頃、そうやってうちの旦那さまの気持ちを利用し、金儲けを企む悪党が多いんでねぇ」

左門と甚五のふたり組は、たしかに怪しい。

片方は、れっきとした旗本三千五百石の跡取りなのだが、とてもそうは見えない。武家とは思われるだろうが、よくて貧乏旗本のひまな道楽息子の類である。

さらに甚五は着流しで、よくて遊び人、とても堅気には見えない。

「失礼な小僧だなぁ」

左門が呆れていると、

「小僧ではありません。これでも手代です」

「ならば、呆れた手代だ」

「本当なら追いだしたいところですが、旦那さまに門前払いは禁じられています。とりあえず、お名前をお聞きいたしましょう」

「裏神保小路の早乙女左門だ。この者は、供の甚五である。早々に取り次げ」

早乙女さま……と手代はつぶやき、

「では、取り次いでみましょう」

面倒くさそうに手代はさがっていった。

と、すぐに戻ってきて、

「早乙女さまですね。左門さまですね」

「そのように、さっき答えたではないか」

「あ、はい、そうでした。こちらへ、こちらへ」

いきなり態度が変わり、手代は左門を奥へと導く。

「なんだ、なにがあった」

「旦那さまから、丁重にお迎えしろといわれました」

「ほほうん」

「はい……なにかおっしゃいましたか」

「なんでもない。驚いただけである」

「左門さまは、不思議な驚きかたをなさいますね」

「…………」

通された部屋には、三十代なかばと思える男が頭をつけて待っていた。

「これはこれは、早乙女さま」

「……私を知っておるのか」

「それはもう、先日、妹君が店のほうに来られ、あれこれ見ていただきました。品をお気に召していただいたようで、はい」

「妹だと」

「はい。喜多さまと申しましたね」

「むっ、喜多め、こんなところで妹ぶるとは」

「あの……妹ぶる、とは……」

「なに、気にするな。で、喜多はなにを買っていったのだ」

「……いつか、兄が来ると思います、なにを買っていったか問われるはずですから、そのときは答えぬように、との仰せでございました」

「なんと」

甚五は含み笑いをしている。

「さすが、喜多さん」

「褒めるな、馬鹿」

むっとしている左門に向けて、与右衛門が問いかける。

「あの、今日はどのような」

「あぁ、大会の話を聞きに来た」

「やはり、そうでしたか。早乙女さまの双子若君は、江戸一の探索兄弟とお聞きしておりますから、そのうちお見えになるのではないかと思っておりました」

「であるか」

「どのようなところから、お話をしたらいいでしょう」

「お律を知ってるな」

「はい、お律さんもお巻さんも。ふたりとも懇意《こんい》にしております。いえ、お律さんは、しておりました、といったほうがよろしいですね」

沈んだ顔で、与右衛門は答えた。

五

「与右衛門……別名を夢叶右衛門というたな」

はい、と頭をさげる相手に、左門は問いを重ねた。

「なぜそのような別名を名乗るのだ」

「……早乙女さまの双子兄弟は、探索上手と聞いております。その兄上さまは、さらに剣術が鬼神のごとくお強いとか」

「返答になっておらぬな」

「そのように特別な能力のない平凡な私などは、せめて、名乗りから変えようと思いまして」

「なるほど。その叶右衛門がなにゆえ、茶屋女の人気大会など開こうと思ったのだ。それも、賞金やら会場の設営などを考慮すると、費用が千両はくだらぬというではないか」

与右衛門は笑みを浮かべて、

「先を見越した投資でございます」

「ふむ、早い話が金儲けであるな」

「はい、私は商人でございますゆえ」

鷹揚に笑う与右衛門に、左門はふむふむとうなずきながら、

「茶屋女の一番を選ぶ大会が、先を見越した投資となぁ」

「一番になった娘が、私の店であれこれ買い物をしていただければ、大変な宣伝となりましょう。江戸の若い娘たちが、自分も同じようになりたいと、飛びつき

ます。ですから、少々の持ちだしなど、すぐに取り返すことができるというわけでございます」

「店の名前も、江戸の隅々まで響きわたるというわけか」

はい、と与右衛門は笑った。

「まぁ、そんな話はここまでにしておいて。肝心な話をしなければいかぬ」

「はい、なんなりと」

では尋ねよう、と左門は身体を起こした。与右衛門は圧を感じたのか、思わず反対に身を反らせる。

「ふたりの茶屋女と、懇意であったといっておったのぉ」

「はい、どちらもお店にも通っておりました」

「では、お律とはどんな女であった。殺されるような生きかたをしていたのか」

与右衛門は、とんでもない、と否定した。

「お律さんにしても、お巻さんにしても、どこに出ても恥ずかしくないような娘でしたよ。立ち居振る舞い、言動などを見ても、それはいえます」

「できた娘といいたそうであるが」

「もちろんです。江戸の人気を二分するほどの人ですからねぇ」

それでも殺されたんだぜ、と横から甚五が口をはさんだ。

「ですから、私はなにかの騒動に巻きこまれたと考えております。でなければ、誰かが身勝手な逆恨みでもしたのではないかと」

「ふたりとは、本当のところ、どのような間柄だったんだい」

与右衛門の返答に焦れったさを感じたのか、甚五が追及する。

「もちろん、ただの茶屋の女と客の関係です」

それ以上でも以下でもない、と与右衛門は断言した。そうでなければ、大会の主催はできない、というのである。

「依怙贔屓《えこひいき》が入ってしまったら意味がなくなります」

たしかにそうであるなぁ、と左門はうなずく。

「でも、お律さんがこんなことになってしまったのでは、せっかくの目論見も水の泡であるな」

「思ってもいない結果になってしまい、困惑しております」

「しかし、与右衛門、おまえの宣伝にはなったんじゃねぇかい」

甚五の言葉に、与右衛門は苦笑しながら、

「……珍しいお考えをするおかたですね」

皮肉な返しに、甚五も苦笑するしかない。

左門が取りなすように、

「まぁ、わざわざ宣伝のために人を殺す馬鹿もおるまいが。一応、聞いておこう。お律が殺されたと思える刻限には、どこにいた」

「亡くなったのは、いつのことでしょう」

昨日の夜五つ前だ、と答えると、

「そのころは、大会の準備のために、看板屋さんと会合をしておりました」

「看板屋とはなんだい」

「会場の前広場に、出場する茶屋女の姿見を並べようと思っていましたから」

「ほう、何人出る予定だったのだ」

「十人です」

美女の看板が並ぶさまは、さぞ見栄えがしたでしょう、と与右衛門は残念そうに答えた。

調べてもいいな、と甚五は念を押す。

「もちろんでございます。むしろ、きちんとお調べいただいたほうが、私としてもありがたいお話ですから」

与右衛門は、自分には一点の曇りもない、といいたいのだろう。

そこまで答えると、かすかに眉をひそめて、

「こんな話をしていいのかどうかわかりませんが、お律の贔屓筋には、素性のよくない連中がいるような気がしました」

「どういうことだ」

「やくざ者ではないかと思える男が、ひとりいましてね。名前が亀吉《かめきち》と言って、長ドスを差して歩くような輩です。幼馴染みというようなことでしたが」

「幼馴染みか。お律はどこの生まれか聞いているかい」

与右衛門は首を傾げてから、江戸の神田だったと思う、と答えた。

「神田といっても広いなぁ」

「子どものころはよく、昌平橋《しょうへいばし》あたりで土手からおり、河原で遊んだという話を聞いたことがあります」

「じゃ、親はまだそこにいるのかい」

「いえ、ご両親はすでに亡くなって、以前住んでいた家には親類がいるらしいです。ほとんど交流はないのだ、と話してましたけどねぇ」

そもそもお律は、あまり家族の話はしなかったという。

家族の因縁が殺しの原因になっているとも思えません、と与右衛門は応えた。

「まぁ、その辺はこっちでも調べてみるさ」

駒吉が、そのあたりは調べまくっているはずだ。

お巻についても聞こうとしたときに、左門が、もういいだろう、といって立ちあがった。

「忙しいところ、すまなかった」

左門が頭をさげると、与右衛門はあわてて、

「いえいえ、頭をおあげください。喜多さまの兄上とお話できて、嬉しゅうございました」

喜多の名前を出されて、左門は嫌そうな顔をするが、

「越中屋が喜んでいたと伝えておこう」

「よろしくお願いいたします」

今後ともご贔屓にお願いします、と与右衛門は手をついた。

越中屋を出ると、甚五は、あれくらいでよかったのか、と問う。

「まぁ、あの男が殺したとは思えんからな。たしかにお律が殺されて宣伝にはな

っただろうが、大会を開いたほうが、効果は大きい」

「そうですね。それにしても、十人の茶屋女がずらりと並んだ看板も、見てみたかったですよ」

笑いながら甚五が言うと、左門は大きくうなずいた。

「ふむ、奥山の大芝居にも匹敵するほど壮観だったろう」

へぇ、と答えてから甚五は、

「当分は、こちらのお調べですかい」

「こちらとは、なんだ……あぁ、もう一方は、子どものかどわかしか」

成二郎が上司から探索を命じられているように、左門も甚五も子どものかどわかしの一件を独自に調べ続けていた。とくに甚五はひそかに動きまわっているようだった。

「なにか、すぐにでも動ける手がかりはあったか」

「いえ……いまのところ、たいした情報もありませんからね。しかも、敵の狙いが子どもから若い娘に変わったかもしれません」

「なに、若い娘だと」

「ええ、手を広げたとも考えられますがね。いずれにしろこうなったら、敵が動くのを待っていたほうがいいかもしれねぇ」

「こちらが仕掛けるような術も、見あたらぬしのぉ」

左門の意見に、そうですね、と甚五は同調する。

「で、これからどうします」

「亀吉に会ってみよう」

「ははぁ、長ドスを持ち歩いている野郎ですね」

「そんな輩が町中にいるとは物騒だな」

「俵の旦那にも伝えておきましょう」

甚五はさらに笑いながら、

「そういえば、お律の亡骸に刀傷はあったんですかい」

左門は、ふむと応じながら、

「弟の捕物帳に、どんな書きかたをされていたか、いま思いだす」

しばらくして左門は、刀傷はなかったはずだ、と思いだす。お律は首を絞められて殺されたのだった。

「となると、その亀吉という野郎は、関係なさそうですね。もっとも、あえて使わなかったということも考えられますが」

「お律殺しにはかかわりがなくても、長ドスなんざ持って歩きまわられたら、迷惑であろうよ」

「懲らしめるんですかい」

「それは会ってから考えよう」

とりあえず今日はここまでだ、と左門は裏神保小路に向かって歩く。

夕方の日本橋川《にほんばしがわ》は、いつになく澄んでいる。

そのおかげか、町屋や武家屋敷の様子を映し、夏を含みながら流れているように左門には見えた。

「明日、お迎えにあがります」

甚五がそういったのを機に、ふたりは別れた。

六

翌日、左門は喜多の声で目が覚めた。あくびをしながら起きた左門は、廊下から外をのぞく。

陽はそれほど高くはない。

中庭に、喜多の姿が見えている。今日は三味線ではなく、風呂敷包みを抱えている。仕立て屋に行く途中、寄ったのだろう。

喜多は左門を認めると、まぁ、と口を開いた。

「左門さん、まだお休みだったんですか」

簪が陽に映えて、光り輝いている。

「ふむ、なかなかきれいではないか」

「あら、私……そうかしら」

「馬鹿者、きれいなのは簪だ」

「……そうでしょうとも」

「右門は道場に行ったはずだぞ」

「知ってますよ。いまお会いしてきたところですから」

「なら、早々に立ち去れ」

「兄上はつれないおかたですねぇ」

「……おまえに兄上といわれる筋合いは、まだないぞ」

「いつかはそうなるのですから、いいではありませんか」

「よくはない。そういえば、越中屋に行ったら……」

「おや、叶右衛門さんにお会いになったんですか」

「与右衛門だ。叶右衛門ではない」

「そんなお堅いことを」

「む、それも、おまえにいわれる筋合いはないぞ」

「そんなことはどうでもいいのです。今日は左門さんにお伝えしたいことがあってやってきました」

喜多の屋敷は今川町《いまがわちょう》にあり、裏神保小路とは通り一本離れているだけである。屋敷が近いから訪ねるのも楽だ、と喜多は笑いながら、

「右門さんから、兄上にもお知らせしておいたほうがいいといわれました」

「……なんの話だ」

「そんなにつんけんしなくても。じつは私、一度、お律さんにお会いしてます」

「なんだって」

眠そうにしていた左門の目が見開かれた。

「なぜ、それを早くいわぬ」

「お聞きになりませんでした」

「ふぁん、まさか三味線弾きの仲間だとは思っていなかったからな」

「誰が三味線の稽古で一緒だといいました」

「違ったか。あぁ、そうか、褌屋《ふんどしや》だな」

「越中屋さんです。売ってるのは褌ではなく、呉服です」

「いいから、続けろ」

喜多がいうには、いま評判の越中屋で買い物をしてみたい、と天目《てんもく》に誘いを受け、ふたりで店を訪ねた際、お律がいた、というのである。

「なにゆえ、お律と気がついたのだ」

「番頭さんが、お律さん、お律さん、と……それはもう上にも下にも置かぬ応対をしてましたからね。お律さん自体のお名前は、美人で有名でしたもの。さすがに知ってました」

「ふむぅ、そんなにいい女なのか」

「さぁ、女の私にはわかりかねます」

「む……いや、すまぬ。いい女のおまえに尋ねる話ではなかったな」

「戯れの言葉でしょうが、嬉しく聞いておきます。そこで、お律さんは私が抱えていた三味線に、興味をお持ちになりました」

自分も、音曲《おんぎょく》を習いたいと考えているのだ、とお律が目を輝かせていたというのである。

「天目さんが、いつでもどうぞ、と応じていました。口先だけじゃなく、本当にお弟子さんになるつもりのようでしたけどね。それでそのとき、ちょっと気になる話をしたのです。なんでも、誰かにいつも見張られている気がして怖い、といっていました」

「いったい誰に見張られていたのだ」

「さぁねぇ。そこまでは私も聞いていませんよ。そもそも、気のせいだったのかもしれませんしね。それにあれほどの評判の美人でしたら、それこそ年柄年中、誰かしらに見られている気はするものでしょう」

初対面でそんなところまで聞けるわけがない、と喜多はいう。

「まぁ、少しは役に立ったといっておこう」

「それはそれは、私も兄上のお役に立てて、嬉しいかぎりです」

真面目な表情をしたまま、喜多は頭をさげて、その場から離れていった。

左門は部屋に戻り、すばやく着替える。

そろそろ、甚五が迎えにくるころだろうと待っていると、果たして中庭から甚五の声が聞こえてきた。

どうやら、喜多と鉢合わせをしたらしい。

笑いながら左門の前に立った甚五は、喜多さんを怒らせたんですか、と問う。

「はてなぁ。そんなつもりはないのだが」

「まぁ、女心はわかりませんから」

知ったような言葉で甚五はうなずくと、

「では、長ドス野郎のところに行きましょうか」

「その前に、道場に行こう。右門にお巻たちの話を聞いてみたいからな」

「おや、昨夜、お話しにはならなかったのですかい」

「あぁ、弟は早寝早起きだからな。話をするひまもないのだ」

苦笑いしながら左門は答えた。

「それはまた」

「というより、昨夜はまた捕物帳にいろいろ書き記していたから、邪魔をせぬようにしていたのだ」

「そうですかい」

では、九段坂下《くだんざかした》に行きましょうか、と甚五は踵《きびす》を返した。

道場に着くと、左門はひさびさに稽古場に足を踏み入れた。ほとんど稽古をしない左門が姿を見せたため、師範代の右門と間違えたのか、門下生たちが頭をさげる。

にやにやしながら左門は、道場の中心に立ち、

「ちと、稽古をつけてあげよう」

そういうと、木剣《ぼっけん》を一本取って、ぎゅんと振った。

風を切る音がして、みなが、おう、と感嘆の声をあげる。

「さて、誰からかな」

前に出てきたのは、左門が知らぬ顔である。真っ黒に日焼けしているところを見ると、大工だろうか。

左門は、若い男の構えを見て、眉をひそめた。邪な気持ちが隠れているように感じられたからである。

「おまえ、名前は」

「師範代、さっきも聞きましたぜ」

それは右門だろう、といおうとしてやめた。

「近頃、忘れっぽくてなぁ」

「亀吉っていいます」

「なに……」

亀吉、と左門は口のなかでつぶやいた。その名は、お律を贔屓していて長ドスを持ち歩いている男と同じではないか。

甚五の姿を探したが、道場内には入っていないらしい。

「亀吉とやら……」

なんでぇ、とさも面倒くさそうに亀吉は左門を見つめる。

その目は、この世に深い恨みでも持っているかのような、剣呑《けんのん》な匂いを帯びている。

「おぬし、誰か殺したい相手でもいるのか」

「どうしてそんなことを聞くんだい」

「その目が、人を斬りたいと訴えておるようでな」

「さすが師範代だけあって鋭い」

「誰を斬りたいのだ」

「他人に教えられるわけがねぇ。そんなことより……えいっ」

気合を入れて、上段から打ちこんできた。

喧嘩慣れしているのか、素人にしては鋭さを含んでいた。

「いきなりとは卑怯者め」

水すましのような足さばきで、左門はその初太刀を外した。

目標を失った亀吉は、前かがみになって数歩、行きすぎた。

後ろからその尻を、左門が蹴飛ばした。

「な、なんでぇ、そんな剣法があるかい」

「おまえは人を斬りたいのであろう。ならば、敵に後ろを見せたら終わりだ。いまは蹴飛ばされただけだが、刀を持った相手なら、あっさりと斬られておる」

「くそ」

悔しそうに顔をゆがめる亀吉は、その場に座りこんで、

「くそ、おれが斬りてぇのは、お律ちゃんの恨みを晴らすためだ。文句あるか」

「なんだって」

「ちきしょう。あのとき、おれがしっかりお律ちゃんを守っていれば、あんなことにはならなかったんだ。野郎たちがやったにちげぇねぇんだ。暗がりのなか、おれとすれ違った野郎が、ふたりいたのさ。だから強くなっておれは、やつらを斬り殺すんだ」

「……なんだい、それは」

「ほほほう」

「驚いておるのだ」

「ふざけた師範代だぜ」

そのとき、道場の入り口から右門が入ってきた。手ぬぐいを持っているから、汗でも拭いてきたのかもしれない。左門の姿を認めると、笑みを浮かべる。

「兄上、門弟をいじめないでくださいよ」

笑いながら亀吉の前に立つと、肩に手をあてて、

「おまえは、亀吉といったな。その目が、いかにも人を斬ろうとする気配に満ちていたが、兄上にその意志を砕かれたようだ」

「兄上……だって」

亀吉は、驚愕《きょうがく》の目で左門と右門を見くらべる。

「そうか、早乙女の双子兄弟か……」

納得しながら、ふんと鼻を鳴らした。

ちょうどそのとき、甚五がひっそりと道場に入ってきて、端に座った。

それを見た左門は、亀吉の前に木剣を突きだし、

「ちょっと聞きたいことがある」

「おれにはねぇよ」

「おまえになくても、こちらには大事な話があるのだ。弟よ、一緒についてきてくれ」

「え……でも、私は師範代なので、ここを離れるわけにはいきません」

「心配するな、師範代代理がいる」

「いましたか、そんな人が」

左門は、静かに壁際に座っている甚五を指差し、

「あの者が、師範代代理だ」

げっという顔をする甚五を、手招きする。

「冗談はやめていただきてぇ」

半身になって逃げだそうとする甚五に向かって、左門は叫んだ。

「おまえは私の弟子ではないか。みなの者、あの男は私の代理だ。心置きなく稽古をつけてもらえ」

「そんな……」

行くぞ、と右門に声をかけて、左門は亀吉を無理やり立たせた。

「一緒に来るんだ」

「いてぇ、いてぇ、乱暴な師範代兄貴だぜ」

「やかましい。長ドスを持って町中を歩いていたのはおまえだろう。どんな理由があろうと、人を斬ろうとするからだ」

「だから……」

「うるさい、黙ってついてまいれ」

左門は亀吉の手を引っ張りあげ、尻を蹴飛ばした。

七

左門は亀吉を連れて、奥の間へ向かった。

怪訝そうな顔つきで、右門が続く。

客間に入ると、口をとがらせて立っている亀吉の頭を押さえて座らせた。

「な、なんでぇ、なにをしやがる」

「うるさい。これからいろいろ質問する。しっかり答えろ」

「そんな偉そうな態度じゃ、答えるわけにはいかねぇよ」

「うるさい」

今度は、右門が亀吉の頭をぶっ叩いた。

「兄上、なかなかにして、いい気持ちですねぇ」

「であろう。悪党の頭だからなおさらだな」

「はい、そう思います」

ちょっと待ってくれ、と亀吉は気色ばむ。

「おれのどこが悪党なんだい」

「町中を長ドスを持って歩いているなんざ、悪党しかいねぇ」

「そんなことあるけぇ。大店《おおだな》の旦那のなかには、帯刀《たいとう》している旦那もいるじゃねえか」

「それは、お上から許されているからだ。おまえのようなやくざ者ではない。まあ、そんなことはいまはどうでもよい。さて、やくざの亀吉」

「だから、おれはやくざじゃねぇ」

「では、なんだ」

「ただの遊び人だ」

「では、遊び人の亀さん」

「そのほう、さきほどお律を殺した者を知っておるといっておったが、それは本当か」

「亀吉だ」

「他人にものを聞くような態度じゃねぇな。答える気になれねぇ」

「……右門、今度は頰を張り倒してやれ」

「わかりました」

右門が膝立ちになると、

「わかった、わかった。なんてぇ師範代だ。こっちはまともかと思ったのに、やっぱり双子だな」

「ならば、しっかりと答えよ」

「あぁ……お律さんを殺ったのは、お巻の取り巻きたちだ」

「こら、亀。おまえ、お律さんを追いまわしていたのか」

「追いまわすとは人聞きの悪い。茶屋女の大会が開かれることになったから、おかしな野郎たちが近づかねぇように見張っていたんだ」

もしかすると、お律が感じていた視線は、この亀吉のものだったのだろうか。

お律自身は不気味に感じていたが、じつのところ、亀吉はお律を守ろうと思っていた。だが、亀吉にも下心はあっただろう。

「おまえ、お律の幼馴染みだったのだろう」

「ああ、そうさ、昔は仲がよかった。大人になってからはあまり付き合いもなくなったが、それでもおれはお律さんを守ろうと決意したんだ。それなのに……」

「馬鹿な男だと切り捨てるのは簡単だが、まぁ、そこまで邪な気持ちではなかったのなら、見逃してやる」

「邪だと。冗談じゃねぇぜ。邪なのは、お律さんを殺したやつらだ。おれじゃねぇ」

「そうともいえるが、その、おまえが見た者たちは、本当にお巻にかかわりのある取り巻きたちであったのか」

「あぁ、まちげぇねぇ」

「では、聞くが」

今度は、右門の問いかけだった。

亀吉は目をきょろきょろさせて、同じ顔がふたつもあったら、どっちを見ていたらいいのか混乱する、といいながら、

「師範代になら、素直に答えてもいいですぜ」

「……じつは奥山で、お律の取り巻きだった者たちと、お巻の取り巻きらしき者たちが喧嘩をはじめようとしたのだが、知ってるな」

「あぁ、はい」

「そこに、おまえもいたのだな。そして、長ドスを誰かに渡したとみたが、どうだ」

「へぇ、すみません」

今度は素直に頭をさげた。

「なかなか殊勝な態度である。で、おまえはいったい、なにを見たのだ」

右門の問いかけに、亀吉はぽつりぽつりと語りはじめた。

事件があった日、亀吉はいつものようにお律を見守っていた。だが、下谷あたりで姿を見失い、途方に暮れていたという。

ほとんどひとけのない裏路地や河岸などもさんざんに探しまわったが、結局見つからず、それでもあきらめきれずにぼんやりと川沿いの通りを歩いていた。

すると、怪しいふたり組が目に入った。ふたりはこそこそとしていて、一方があわてて駆けていったり、かと思うと、ひとりが戻っていったりと、いかにも胡《う》乱《ろん》な動きを続けていたという。

「そのふたり組がお巻の取り巻きだったというんだな。名前はわかるのか」

「そのときはもう暗かったから、ひとりははっきり見ていねぇが、もうひとりの男はわかりましたよ……あいつは鋳掛屋の……」

「鋳掛屋……祐三か」

奥山で喧嘩したお巻側の男に鋳掛屋がいたと思いだした右門は、すぐさま捕物帳を取りだし、名前を探しあてた。

「そう、たしかそんな名前です」

うなずく亀吉を横目に、右門と左門は顔を見あわせる。

「本当に、その捕物帳は役に立つのぉ」

左門の言葉を聞き流し、右門はさらに問いを重ねる。

「だからといって、ふたり組の仕業かどうかはまだわからぬが……ほかには、その証言を裏付けるような者はいなかったか。誰でもいいのだが」

「いやぁ、人通りもめっきりと減っていましたからね、誰ともわからぬような通りすがりの人間ならいますが……あっ、そういえば、お厚《こう》の姿も見ました」

「お厚だと」

「へぇ、まぁ、お律さんのいわば妹分とでも申しましょうか。店ではお律さんに次いで人気があり、ずいぶんと可愛がられてましたよ」

「ほう、ではそのお厚も、なにかを目撃した可能性があるな」

右門はそこで左門に顔を寄せ、

「下谷あたりで殺され、川に流されたのであれば、あの百本杭のあたりに漂い着くかもしれません」

「なるほどな。では下谷が犯行場所ということか……いずれにしろ、お厚とやらに話を聞いてもよいかもしれぬな」

「早々に、取り巻きのふたり組を押さえられればいいのですがね」

そこで、よし、と左門は立ちあがると、

「亀吉、今後、長ドスなどを持ち歩いていたら、しょっぴくからそう思っておれよ。今日のところは、見逃してやる。稽古を続けるなら道場に戻れ」

右門は亀吉を連れて、稽古場に戻ろうと廊下に出た。

「道場で甚五が困っておるから、助けてやってくれ。私はお巻の店を訪ねてみる。取り巻きのことについて、なにか知っているかもしれん」

「あぁ、そうでしたねぇ。わかりました」

道場のほうは、うまくごまかしましょう、と右門は答えて、亀吉の首根っこを引っつかんだまま、その場から離れていった。

道場から離れた左門は、その足ですぐそばの自身番に入っていった。町役から筆を借りると、なにやら書き記してそれを渡した。

「これを、俵屋に届けてほしい」

「俵屋……とは」

「あぁ、徳俵だったな。与力の成二郎の旦那だ」

「あ、わかりました。小者に届けさせましょう」

自身番を出ると、左門は奥山へ足を向ける。

大川の流れを見ながら進んでいくと、春から夏にかけての香りが町中に漂っている。

風にも匂いがある。

さわやかな匂いが、いろは茶屋に入ると、突然、人混みの臭気に変化する。

そういえば、右門の捕物帳に、お巻の店について書かれてあったような記憶がある。

はて、場所はどこだったかと思いだしながら、見世物小屋の前を進んだ。

仁王門や本堂の伽藍《がらん》が光っている。

左門は、人の流れの隙間を狙って歩いた。

たしかここであろうという茶屋の前に行って、暖簾をくぐる。いつもなら大勢の男たちで賑わっているのだろうが、それほどでもない。

店内は、十人ほどで満員だろうか。店の前に長床几《ながしょうぎ》が出て、そちらにも座ることができるようだった。

すぐに小太りの女が出迎えてくれた。

素性をごまかし、御用の者だ、とだけ告げると、幸いにも信じてくれたようだった。お巻に会いたい、というと、今日は休みで自宅にいる、と答えてくる。

それで客が少ないのか、と問うた。

「ここのところ、お律さんの件があって、ご贔屓のかたたちも、少しは気になっているのでしょうねぇ」

下手人があがるまでは自粛している、との返答である。

案外と贔屓筋も品行方正なのだな、と左門がいうと、

「それなのに、お巻さんの贔屓のかたが下手人だと噂する人がいるんです。まったく、迷惑な話ですよ」

女は、憤《いきどお》りながらしゃべりまくる。

早々に、お巻の自宅の場所を聞きだした。

「なら、そちらに行ってみる。あとから、身体の大きな相撲取りのような与力が来るだろうから、そっちに行ったと伝えてくれ」

女は、あい、と答える。

お巻の自宅は、門跡前阿部川町《もんぜきまええあべかわちょう》の長屋だという。門跡とは東本願寺《ひがしほんがんじ》のことだ。

左門は裏門から広小路に出て、田原町《たわらまち》を進み、門跡前に向かった。

阿部川町は、東本願寺表門を右に見て、菊屋橋《きくやばし》を渡り、左に行ったところだった。

入り口の自身番に、お巻の長屋はどこかと問うと、怪しげな男には教えられないとばかりに、じろじろと人定めをされてから、ようやく教えてもらった。

長屋に入ると、ひとりの男がいた。

「なんの用だ」

男が、居丈高《いたけだか》に問うてくる。

「南町与力、徳俵成二郎さまの遣いだ」

「……本当か」

「あとで、ここに来る。そのときに私が邪魔をされたと知ったら、おまえたちの手が後ろにまわるかもしれぬぞ」

にこにこしながら脅しをかける左門に、男は気持ち悪そうに数歩さがる。

「嘘だったら、容赦しねぇ」

「楽しみにしておこう」

剣呑な表情をしながらも、足を引いたのは、左門の押しだしに負けたからだろう。ふと気になった左門は、

「念のために、おまえの名前を聞いておく」

「……鋳掛屋の祐三だ」

「なんと、これは好都合」

「なにがだい」

「お律殺しの下手人だな」

「なんだって」

「おまえが殺しの現場から逃げていく姿を、見た者がいるのだ」

本当はそんなことは聞いていないが、唐突に鎌をかけてみた。

「なに……」

と、祐三はいきなり井戸端に向かって走りだした。そこから、となりの長屋に続くせまい道が続いている。

逃してはならないと、左門はすぐさま走りはじめた。

八

人ひとりしか通り抜けられない路地を、祐三は器用にすり抜けていく。

追いかける左門は、刀が邪魔となって、なかなか追いつけない。

ようやくせまい路地を出ると、眼の前には掘割《ほりわり》が続いていた。

祐三の背は門跡から離れ、左に折れるところだった。

左門は裾を持ちあげると、速度をあげた。

門跡町から下谷車坂下《したやくるまざかした》。このあたりは寺が並んでいて、俗に新寺町《しんてらまち》と呼ばれる界隈である。

寺のなかに逃げこまれたら、それも面倒である。

左門は走りながら、通りを歩く者が腰を抜かすような大声で叫んだ。

「逃げても無駄だ。そんなことをすると、かえってお巻が迷惑するだけではないか。いまごろ、相撲取りみたいな与力に、押し倒されているぞ」

祐三の足が止まった。

「お巻さんは関係ねぇ」

「そんなことは、こちらが決める。寺に逃げこんでも、あの与力は喜ぶぜ。なにしろ寺じゃぁ、勧進相撲《かんじんずもう》を開くからなぁ」

かかか、と笑いながら、途方に暮れた顔をする祐三に追いついた。

「よく止まった。それでよい」

「ちっ……お巻さんをだしに使いやがって」

「だしではない、せいぜい汁であろう」

「ふざけるな」

「おまえは、ふざけてお律を殺したのか」

「それよ、いっておくが、殺しなんざしてねぇ」

「はて、ならばなぜ逃げた」

「追ってきたからだ」

「逃げたから追ったのではないか」

祐三は左門をじろじろと見つめて、

「旦那……町方じゃありませんね」

「人はそういうな」

「じゃ、なんであっしを追いかけてきたんです」

「事件当日、お律が殺されたであろう場所で、おまえらの姿が目撃されているのだ。しかも、胡乱な動きをしてな。どう考えても怪しかろう」

舌打ちをした祐三は、叫んだ。

「だから、おれは殺しちゃいねぇってんだよ」

「ならば、おまえの仲間が殺したのか」

「それも違う」

「こんなところで立ち話をしていても、はじまらぬ」

周囲を見まわした左門は、六軒町の自身番を指さした。

「あそこで、殺した理由を聞くことにしよう」

「だから、殺しちゃぁいねぇ……」

怒りの顔で、左門を睨みつける。

「その言葉が本当かどうか、与力に判断してもらうんだな」

「町方なんてぼんくらどもは、見誤るかもしれねぇ」

「そう伝えよう」

唸りながら祐三は、汚い言葉を吐き続けている。

「やめろ。ますますおまえが殺したように思えてきたぞ」

左門が祐三の手をつかむと、どういう加減か、祐三はその場にへたりこんでしまった。

「逃げても無駄だとわかったな」

腰砕けになった祐三は、うんうんと何度も首を振る。

今度は手首をつかむと、ひょいと持ちあげ、手を引いて歩きだした。

自身番に入ると、ひまそうにしていた町役が、お茶にむせたのか、げほげほと
しながら、

「なんです、おまえさんたちは」

相撲取り与力の遣いだ、と左門は答えた。

一瞬、訝しげな顔をした町役だったが、すぐに、あぁ、と笑った。

「徳俵の旦那のことですかい」

縛りあげるなら、縄を貸すという。

「いや、いい。ちと場を借りるだけであるからな。それより、徳俵さんを見つけ

て、ここにいることを伝えてくれ。おそらく阿部川町あたりにいるはずだ。もしかすると、あっちの自身番で待機してるかもしれぬ」

はい、と答えた町役は、すぐに出ていった。

自身番に入れられてしまったからか、祐三はさっきまでとは打って変わって、おとなしくしている。

「そこに座れ」

土間を指差すと、左門は座敷に腰かけた。

しばらく待っていると、どたどたと足音が聞こえて、成二郎と駒吉が自身番に駆けこんできた。

「お早いお着きで」

「まったく、伝言だけして、あちらこちらと飛びまわるとは……追いかけるこちらの身にもなってくださいよ」

「ふふふ、そんなことより、そこで畏れ入っている男を見よ。こやつが、お律殺しの下手人だぞ」

「え……」

と、驚いたのは成二郎。汗を拭こうとした手が止まっている。

「あぁ……」

と、今度は祐三のあきらめ声だった。


「いいか、お巻を巻きこみたくなかったら、本当のことをいえ」

尋問は、左門から成二郎に代わっていた。

「おい、鋳掛屋。おれを甘く見るなよ」

成二郎は、大きな胸をぐいと突きだす。

「いえ、そんな……めっそうもありません」

「大男は馬鹿だとか思っているんじゃねぇだろうなぁ」

そうはいかねぇぞ、と祐三の前に、今度は顔を突きだした。

「わかってます、本当のことをいいます」

「それがいちばんだ。二番はねぇぞ」

「へぇ……」

「じゃぁ、聞く。お律を殺したとき、なにがあったんだい」

「ですから……」

殺してはいねぇ、といいそうになって、祐三は口を閉じた。何度訴えても無駄だと感じているらしい。

「で、どうなんだい」

成二郎が追及する。

へぇ、と観念したのか、祐三は素直に語りはじめた。

「たしかに、あっしたちは、お律を付け狙っていました」

茶屋女の人気大会が開かれると聞いた祐三たちは、贔屓にしているお巻をなんとか一等にしたいと願った。

そうなると、お律は邪魔である。

なんとかお律が出場できねぇようにしたい、と考えていたというのである。

そこで、鋳掛屋の祐三を筆頭に、錺職人の留次のふたりが先走った。

「ふん、そんな人でなしのような真似をして一等賞になったとしても、お巻は嬉しくねぇだろうよ」

「あっしたちは、ただお巻さんが一等賞になってほしかっただけなんだ」

「だったら、正々堂々と戦わせろ。それが本当の贔屓ってぇもんだろう」

そんなことはねぇ、と祐三は続ける。

「お巻さんが一等賞になるんだったら、どんなことでもやる。それのどこが悪いんだ」

「おめぇは本当に頭が悪いな」

成二郎のその言葉にも、祐三は鼻を鳴らしただけである。

「おまえの頭の悪さが、人殺しまでさせちまったんだ。馬鹿だな」

「……だから殺しちゃいねぇ」

「それじゃぁ、裸にしたのはなぜだい。おおかた、手籠《てご》めにでもしようとして抵抗されたのか」

すると、駒吉が一歩前に出て、

「てめぇ、きりきり白状しやがれ」

拳で頭を殴りそうになった。成二郎はその手首を握り、やめろ、と止め、

「おめぇは銹職人の留次のほうを頼む。逃げないように見張っておけ」

と命じた。

駒吉は、祐三に銹職人の名前と住まいを聞いた。

祐三はなかなか教えようとしなかったが、成二郎が大きな胸をどんとぶつけると、住まいは駒形町《こまがたまち》だと告げた。それを聞いた駒吉は、あっという間に外へ飛びだしていた。

「おい、鋳掛屋さんよ。いつまでも嘘をつき続けるのは、本当の負け犬だぜ」

「本当に、殺したのはおれたちではねぇんだ」

「じゃぁ、誰だい」

「お役人さん、あっしたちを見たという男は、何者なんです。そいつがおれたちのあとにお律と会って、殺したってぇことはありませんかい」

「なんだって」

わはははは、と左門は大笑いをする。

「なるほど、逃げ口上としては、なかなかよくできてるではないか」

「ですから、あっしは……」

「ならば、まず裸にした理由をいうんだな」

「それは……」

「ほらみろ、いえぬのであろう。つまりは、手籠めにしようとしてうまくいかず、つい殺めてしまった。そうではないのか」

祐三は、口を開いたり閉じたりしながら、言葉が出てこない様子である。

しばらくして、ようやく裸にした真相を語りはじめた。

それによるとあの日、町でお律を見かけた祐三たちは、追いかけまわして川沿いの空き地まで追いつめた。

そのとき、たしかにお律を小突きまわしたらしい。だけど、手籠めにするつもりではなく、ちょっとした怪我をさせるだけのつもりだった、というのである。

「怪我をさせて、どうする気だった」

「そうなったら、踊りができなくなる」

「ははぁ、踊りがまずいと一等賞にはなれねぇからな」

「小突きまわしたのは、それが目的だった」

「じゃぁ、裸にしたのはなぜだい」

「小突きまわしている間に、お律は逃げようとしました」

「普通は逃げようとするぜ」

「追いかけると、お律は誤って川にはまったんだ」

「溺死させるつもりだったのかい」

「そんな気はなかったんですよ」

祐三と留次は、川で溺れかけたお律を、あわてて川岸に引きあげた。水を飲んでしまったのか、お律は虫の息だった。

着物が水浸しになっていては、身体が冷えてしまう。そこで、すぐ火を焚こうとした。

「小袖を乾かしてやろうとしたんでさぁ。裸が見たくてやったわけじゃねぇ」

「ものはいいようだからな。まぁ、いい。それがどうして、首を絞めるはめになったんだ」

「留次が、火打ち石と火口《ほくち》を持っていた。それで火をつけようとしたとき……」

足音が聞こえたという。

「こちらに向かっているように聞こえた。こんなところを見つかったら、おれたちは最後だ、と留次がつぶやいたんです」

「それで首を絞めたのか」

「ですから、そんなことはしていませんて。おれたちは、あわてて逃げだしたんです。本当です」

「だが、現にお律は首を絞められて殺されたんだぞ。誰かが殺ったに決まってるんだ。おいそれとおめぇの言葉は信じられねぇよ」

成二郎の凄みのある言葉に、祐三は急に口をつぐんだ。

「たしかに……そうですね」

「首を絞めたんだな」

「あっしはやっていませんが……」

「留次か、留次が首を絞めたのか」

「わかりません……ただ、逃げてる途中で、あいつは戻っていって……もしかすると顔が割れることを心配して、口封じをしにいったんじゃねぇかと」

「もっと早くからいえ、馬鹿野郎」

「仲間を売るわけにはいかねぇ……」

「ふん、女を襲っておいて、そんな男気、誰も褒めねぇよ」

成二郎は、自身番の隅でこちらをうかがっていた町役に、縄を借りた。

「あとは、駒吉が留次を逃さずにいたら、一件落着だな……」

満足そうに、大きな身体を揺すった。

だが、左門の顔はどこか浮かないままである。

「なにか、すっきりしていねぇ顔つきですが」

成二郎の問いに、左門は、ふあぁん、といつものごとく意味不明な返答をするだけであった。

九

駒吉はしっかりと、留次を見張っていた。

幸いに、留次は錺職人のため居職である。棒手振《ぼてふり》と違って、あちこちを歩きまわるような仕事ではない。

そのために、駒形町にある長屋からほとんど出歩くことはなく、駒吉は難なく留次を見つけることができたのである。

成二郎と左門は、祐三を六軒町の自身番に留め置いたまま、駒形町に向かった。

木戸番《きどばん》の陰で、駒吉は身を隠すように長屋を見張っていた。

成二郎と左門が到着すると、野郎はどこにも行ってません、と答える。

駒形町のすぐそばには、竹町《たけちょう》の渡しがあり、大川の流れはすぐ目の前だ。鼻を赤くしているのは、風が出てきたせいだろう。

成二郎は、木戸をくぐってどぶ板を音を立てて進んだ。大きな身体のせいだけではない。町方という身分を、まわりに誇示するためでもある。

長屋住まいの連中は、町方と気がつくと顔を引っこめる。

　こうすることで、邪魔者を制する意味合いもあった。

　障子戸をことさら大きな音で叩くと、なかから、うるせぇなぁ、という声とともに、留次らしき男が、銀粉まみれの手を見せながら出てきた。

　間髪いれずに、成二郎は土間に足を踏み入れ、

「駒吉、やれ」

　と指示をする。

　合点、と駒吉は嬉しそうに懐から捕縄を持ちだして、あっという間にふんじばってしまった。

「なな、なんです。なにをするんです」

　呆気にとられた留次は、なにが起きたのかわからず、口をぱくぱくさせているだけである。

「わからなければ、自分の胸に聞くんだな」

　成二郎は駒吉に、連れていけ、と命じた。

　外で待っていた左門だが、成二郎と入れ替わりに、部屋にあがりこんで、布団をひっくり返したり、押入れを開いたり道具箱をひっくり返したりしている。

「なにを探しているんです」

「そうだなぁ、なにかだなぁ」

「また、そんな意味不明なことを」

「じつは自分でも、はっきりしておらぬのだ。なにか引っかかっているのだが」

「その引っかかりを探しているんですかい」

「そうかもしれない、そうでないかもしれない」

あぁ、と天を仰ぐ成二郎を見ながら、左門は、まぁいいか、と部屋から外に出た。


駒吉から縄を打たれた理由を聞かされたのか、真っ青な顔をしながら、留次はうつむいている。

「おい、お律を絞め殺したと認めるんだな」

「……殺すつもりではなかったんだ。ただちょっと悪戯《いたずら》しようとしただけなのに、死んでしまうなんて」

「ちょっと待て、話が違う。おめぇは、自分たちの顔を見られたから、死人に口なしとばかりに、お律の首を絞めたんだろう」

「……そうだったかもしれねぇ。いや、死んじゃいなかったはずなんだ」

「なんだい、人の首を絞めておいて、その曖昧な返事は」

あのときは興奮していたからはっきり覚えていねぇ、と留次はため息をつく。

「だけど、お律の身体に触れようとして……すっかりと冷たくなってて、こりゃまずいとやっぱり逃げようとしたんだ。でも、そのときかすかに声をあげた。それでおれは恐くなっちまって……あのまま、あの女は弱って死んじまったのか。それとも気のせいで、もうすでに死んでいたのか」

「おいおい、じゃあ、お律は瀕死《ひんし》の状態で、みずから川に落ちにいったっていうのかい。それとも死人が歩いて川にはまったのか。まぁいい、いずれ白状してもらうぜ。ちっ、下手人を捕まえたってぇのに、なんだかすっきりしねぇ」

成二郎は文句をいいながら、留次を引きたてていく。


なぜか道場では、甚五に人気が集まっていた。

左門にいきなり師範代代理をまかされたときには、本人もどうなるかと危惧したようだが、

「おれは、剣術はそれほどでもねぇ。だけど、人としてどう生きたらいいのか、そのくらいの話はできるから、座学として聞いてくれ」

その語りが、意外にも門弟たちに好評だったのである。

右門が探索に動いている間、甚五が留守を守る形になっていた。

最初は、右門がいないならば帰るといっていた門弟たちも、ひとたび甚五の問答を聞くや夢中になって、ぜひ翌日も来てくれ、と頼まれたほどであった。

右門は、自分の商売があがったりだ、と苦笑いするばかりである。

そばでは、喜多が嬉しそうにしていた。

「ちょうど私も道場に来ていて、そっと聞いていたのです。盗人にも仁義があるのだ、とか、人は相手の欠点ばかりを追及していると、自分も欠点を指摘されるから、褒めたほうがいいのだ、とか。へぇ、と思えるようなお話が続いていましたよ」

「盗人にも仁義か。それに、なるほど、他人の欠点指摘は己に還るのであるな」

かかか、と左門は笑い転げ、困り果てている甚五に向かって、

「おまえはまるで、どこぞ寺の住職みたいではないか」

「へぇ、じつは親が」

「なに、そんな話は聞いておらぬぞ」

「嘘です」

甚五の戯言《たわこと》に喜多が、お腹が痛くなります、と笑っている。

「左門さんにも負けない、個性の強い人ですね。さすが、兄上の供。安心しました」

喜多の軽口を聞き流し、そういえば、と左門は真面目な顔になる。

「妹よ、女が裸になるのはどんなときだ」

「……なんです、不届き千万な。なにを考えているのです」

「おまえこそ、なにを考えておる」

「兄上は、お律が半裸になって殺された理由を考えているのでしょう」

右門が謎解きをすると、

「あら、そうでしたか」

理由を知っても、喜多は怒り顔を解かずにいる。

「おまえは馬鹿か」

左門の言葉に、喜多はぷいと顔をそむけ、甚五のほうを向くと、

「……甚五さん、左門さんに、そういう言葉はいけません、欠点ばかりを指摘してはいけませんと、いま一度教えてやってください」

その言葉を無視して、左門は手を伸ばした。

「ちょっと捕物帳を見せてくれ」

「はい。どうぞ」

今日は成二郎の姿はないから。渡すのも躊躇《ちゆうちよ》はない。

ぱらぱらと開きながら、事件を最初から考える左門であったが、なにか目ぼしい記述を見つけたのか手を止めた。

「そうか……」

左門は、まなじりを決して、

「弟よ、自身番に行って、俵屋にすぐ来るように伝言を頼んでほしい」

「どこに行くのです」

「両国だ。お律の店だ」

叫ぶと、その場から離れていく。

あわてて、右門も自身番に向かった。

通りに出ると、左門は、鎌倉河岸《かまくらがし》から大川に向かって進む。大伝馬町《おおでんまちよう》から横山《よこやま》町《ちよう》の通りを抜けて、両国広小路に出た。

お律の店に着くと、お厚という女はいるか、と応対に出てきた女に聞いた。

「私ですが……」

女は不審そうに左門を見つめる。

「あの……なにかお調べですか」

「ほう、どうしてそう思ったんだ」

「早乙女さまですね。探索上手のご兄弟とお聞きしております」

「なるほど、こんなところまで名前がとどろいているとは驚きであるな。そんなことより、おまえはお律の妹分だったらしいが」

「はい、それはもう、優しくしていただいてました。あんなことになって、途方に暮れています」

「そのわりには、元気そうではないか」

「いつまでも悲しんでいられません。お店を続けてくれ、と贔屓のかたにも後押しをしていただきましたから」

「ほう、金でも出してもらえたのか」

「金子《きんす》というか、頑張れという後押しと考えております」

どこぞの上客をつかまえたのだろう。

「なるほど。ところで女が、それも祝言前の女が裸になるのはどんなときだ」

「はて、それはなんの謎解きでしょう」

「眼の前に半裸の女がいたら、別の女はどんなふうに感じるのであろうかと思うてなぁ」

「よくわかりませんが」

「こんな夢を見た」

「はて……」

左門は、含み笑いをしながら語る。

「ある人気者の女がいた。その者には妹分がいた。最初は、妹分として満足していたのだが、常に一緒にいるうち、自分はいつも蚊帳の外だと感じるようになった。やがて、追い越したいと願いだす。だが、なかなかそれができぬのだ」

「………」

「妹分は、なんとかして姉を追い越せぬものかと考えはじめる。そんなとき、うまい具合に、人気をくらべる大会が開かれることになった」

「なんのお話をするつもりでしょう」

答えずに左門は話を進める。

「姉貴分と人気を二分する相手の贔屓筋たちが、よからぬ悪さをやらかした。姉貴分に怪我をさせたのだ」

「世迷い言はおやめください」

「まぁ、最後まで聞け。いつも一緒にいた妹分は、なかなか店に戻ってこない姉を探しに出た。そして、見つけた。裸になって転がっているところをな」

お厚の顔は、憤りで真っ赤に染まりはじめている。だが、左門の言葉に異をとなえようとはしない。

「不埒な男どもは、妹分の足音を聞いて、逃げた。いや、ひとりは戻ってきたが、結局のところ姿を消してしまった。残ったのは姉ひとり。しかも溺れかけていて息も絶え絶えだ。いともたやすく命を奪えるという状況だ」

「……おやめください」

叫んで、お厚はその場から逃げようとする。だが、左門はその動きを読んだように先まわりをした。そのため、お厚は逃げることができない。

「姉はまだ、息はあったのだ。生きていた。おそらく妹分も助け起こそうとしたのだろう。そのとき、地獄から声が聞こえてきた」

「やめて……」

「いま首を絞めたら、一番になれるぞ、とな」

「やめ……」

お厚は、その場にへたりこんで動こうとしなかった。

しばらくして、右門が成二郎と一緒に駆けつけてきた。すっかりと抜け殻のようになっているお厚を見て、ふたりはすべてを理解したようである。

「おまえだったのか……」

成二郎は、おもむろにお厚の手を後ろにまわして、耳元にささやいた。

「人殺しの末路を知っているか。最後は、自分で自分の首を絞めるのだ」

右門が付け加えた。

「人殺しは、間尺《ましやく》に合わないのですよ」

「おう、いまのふたりの言葉を、捕物帳の欄外にでも書いておけばいい。師範代代理の甚五が、いつか使うかもしれぬからのぉ」

かかか、と左門の笑い声が、奥山の通りに響きわたっている。

第二話　敵討ちの仇討ち

一

「どうして、お厚の犯行だと気がついたんですか」

左門を中心に、右門、喜多、成二郎、甚五が集まっている。

九段下にある料理屋、榊屋《さかきや》の二階座敷である。店の前では九段坂から、堀留の水が見えているのだが、この座敷には夏の水の臭気が漂ってくるだけである。

喜多が問うたのは、両国の茶屋女、お律が首を絞められて殺された事件についてであった。

「いや、最初は気がつかなかったのだがな」

左門は弟の顔を見つめて、

「こいつが、ていねいに捕物帳を書き記してくれたからだ。いかにも怪しげな連中が犯行現場のあたりをうろついていたが、つかまえてみれば、みな殺してないと主張する。もちろん、誰かが嘘をついていた可能性もあったが、もし本当のことをいっていたとすると、その動きのなかに、不自然な女の姿があったのだ」

「なるほど。では一番の手柄は、捕物帳を記した右門さんですね」

　喜多は、成二郎に視線を送る。

「はい、たしかにそのとおりです」

　自分はなにも気がつかなかったことに気が咎《とが》めているのか、成二郎は大きな背中を丸めている。

「徳俵さんは、もとの自信なさそうな格好に戻ってしまったようですね」

　おほほ、と喜多は口をおさえた。

　成二郎の身体は、ますます小さくなる。

「殺してなかったにしても、祐三と留次たちは、とんでもねぇ野郎たちですね」

　甚五が吐き捨てると、

「おう。人格者の甚五の言葉は、重いものだな」

　左門が揶揄《やゆ》する。

「やめてくださいよ」

むすっとして、甚五が顔を振った。

そこで左門はにやけ顔を引っこめ、すっくと立ちあがった。

「さて、夕剣《ゆうけん》師匠のご機嫌うかがいにでも行くか」

「いまは、道場にはいませんよ」

「なぜだ」

「天目師匠のところです」

「ううむ、すばやいのぉ」

左門が呆れていると、階段を駆けあがってくる足音が聞こえた。

力まかせに戸が開かれ、息を荒らげている駒吉が姿を見せた。

「南條道場が大変です」

「何事だ」

「道場破りです」

「まあ、大変」

喜多が右門の顔を見つめる。

「夕剣師匠は、天目さんのところですよ」

「道場では、他流試合は禁止ではないか。無理して道場破りなどにかまう必要は

左門は、そんな輩は放っておけ、といいたいのだろう。

ないぞ」

右門が道場に行こうかどうか迷っていると、駒吉が困りきった顔で話しはじめた。

「しかし……」

「ちょっと問題になりまして……門弟たちは、師範代がいなくてもなんとかなると思ったらしいんです」

「まさか」

「へぇ、ひとりふたりと手合わせしたんですがね」

道場破りに、あっさりと叩きのめされてしまったらしい。

「ですので師範代……このままでは道場が乗っ取られてしまいます」

これには右門よりも先に、左門が反応した。

「たしかにそれはまずいかもしれんな。だが、わざわざ私が行くのも面倒……弟よ、すぐに行って、道場破りをぶっ飛ばしてこい」

「人まかせのくせに偉そうですねぇ」

「まぁ、そういうな。そうそう、他流試合禁止でおまえが戦えぬなら、甚五にまかせればよい。そうそう負けはせぬよ」

「ちょっと待ってくださいよ」

甚五は、冗談ではない、という顔をする。

「あっしは、剣術はやりません。それに、南條道場の門弟でもありませんや」

「でも、みなからは慕われておるではないか」

「それとこれとは違いますでしょう」

ふたりのやりとりを聞いていた右門は、埒が明かぬとばかりに立ちあがった。全身が、真剣な決意に満ちている。

「わかりました、私が行きましょう。喜多さん、夕剣師匠や天目さんには、あとで伝えておいてください。なるべく戦いは避けますが、万一、他流試合となった場合、責任は私がとります。叱責も甘んじて受けましょう」

こくりとうなずく喜多の横で、左門は、早く行け、とばかりにひらひらと手を振った。

道場に着いた右門は、すぐ稽古着に着替える。

喜多も一緒に着て、着替えを手伝った。

「右門さん、大丈夫ですか」

「心配いりません」

「やはり……夕剣さんを呼びにいきましょうか」

「大丈夫ですよ。私は強いんですから」

「もちろん、それは知ってますけどねぇ」

いままで道場破りと戦ったことがないから心配だ、と喜多はいうのだった。

着替えを終えた右門は、心配ならば見ていてください、と喜多を誘った。

「怖くて見ていられません」

この部屋で待ってます、と喜多は動かなかった。

道場に入ると、門弟たちがざわついている。

隅には、倒れている門弟がふたりいた。

ひとりは額から血を流し、もうひとりは腕の骨が折られているようである。その姿を見た右門の目が曇った。

「おぬしが師範代か」

道場破りが、鼻で笑いながら聞いてくる。

「夕剣師匠がいないので、私が代わりに」

「おまえが師範代かと聞いておる」

「まだ、なりたてですが」

「なんだ、そんな弱っちい相手では話にならん」

「そういわれましても」

師匠はいない、と同じ言葉を繰り返した。

「居場所はわかっておるのではないのか」

「わかりません」

「恐れをなしたのか」

「まさか。そもそも他流試合は禁止されています」

「おれにはそんなことは関係ない」

男は、ふん、とまた鼻を鳴らす。

「とにかく、南條《なんじよう》夕剣なる逆袈裟《ぎやくげさ》の達人と試合をさせろ。まあ、この道場を見れば、主の力量も知れるというものだがな」

「あなたもしつこいですね。本来ならば禁じられておるのですが、わが道場を誹《ひ》謗《ぼう》されては黙っていられません」

「おう、その調子だ。やる気が出てきたか」

揶揄する男に、右門は聞いた。

「お名前をお聞きしたい」

「やっと聞いてきたな。名前を聞いたら、あとには引けぬぞ」

「望むところです」

「喜楽《きらく》だ」

「……名字は」

「ふん、そんなあたりまえの世間では、生きておらぬ」

「そうですか」

右門は、それならしかたありませんね、と静かに答えた。

その応対が想像とは違ったか、喜楽と名乗った男は、ほう、と眉を動かす。

「師範代というだけに、骨はありそうだ」

「では一手、お願いいたしましょう」

「それは、こちらの台詞だが……まぁ、いいだろう。そのように澄ましていられるのも、いまのうちだからな」

「手合わせをしてみなければわかりませんよ」

笑みを浮かべる右門に、喜楽は口をへの字に曲げた。

二

さきほどは、試合を見るのが怖い、と稽古場に行くのをためらっていた喜多であったが、

「やはり、気になりますね」

奥の部屋から、静かに廊下へと出た。

稽古場のほうからは、試合の音はなにも聞こえてこない。いつもは、木剣がぶつかりあう音がするのだが、それもない。

ということは、まだ戦いははじまっていないのだろうか、とささやいた。

ここまでの道場破りは、いままで見たことがない。

たまに、小遣い稼ぎにでも来たのか、いかにも乱暴そうな輩が道場に顔を見せるときもあるらしいが、そんなとき、

「お帰りください」

と、夕剣は丁重に応対するという。

といって、小遣いを出すわけではない。

いつの間にか、相手は己の行動を恥じて、

「失礼いたした」

と帰っていくのである。

夕剣が持つ威圧なのか、それとも、会話による諭《さと》しのせいか、喜多には判断はできない。

いずれにしても、夕剣がいれば、このような事態にはならなかったのではないか。

そんなことを考えながら、喜多は稽古場に向かった。

なかに入るわけにもいかず、喜多は廊下からのぞいてみる。

道場の中心で、右門は見知らぬ男と対峙していた。

男は、見るからに殺伐としたたたずまいに見えた。剣術のことはよく知らないが、喜多には、人間を見るたしかな目があった。

「あのかたは、なにか負の心を抱えているよう……」

どうも、ただの道場破りとは思えない。

「ほかに目的があるのでは……」

それがなにかは思いつかないが、三味線の名取となり、ときどき天目の代理稽古をするようになって、これまで以上に、いろんな弟子を見る機会が増えた。

稽古は、ただ三味線を上手にさせるだけではない、と天目はいう。

「人を見て、性格や考え方などをはかりながら教えるのです」

そう伝授された。

弟子たちの言動に気をつけるようにしてから、喜多にも、人を見る目がついたような気がするのだ。

まだ拙いかもしれないが、

「それほど、外れてはいないはず……」

自信を持って、喜多は道場破りの負の心を見抜いている。

やがて、ふたりは立ちあがった。

右門が、壁にかかっている木剣を取ろうとすると、

「おやおや。そんなやわなものでは戦いたくはないな」

「どういうことです」

右門は、振り返りながら問う。

「わかっていて聞くのは、おまえの気持ちがなまくらだからだ」

「勝負は真剣で、ということですか」

「道場破りとは、そのようなものであろう」

「そうとも決まっていませんよ」

「……おまえは馬鹿なのか、それとも度胸があるのかわからんな」

「……言葉の意味がわかりません」

「ふん、その態度だ。恐れをなしているかと思ったが、そうでもなさそうだ」

「恐れる必要がありません」

「だとしたら、鈍感なのか」

「そうかもしれませんね」

「ちっ……まったく、糠《ぬか》に釘野郎だ」

なおも喜楽は、真剣で戦おうという。

だがさすがの右門も、命のやりとりまではしたくない、というのだが、

「ふん、怖気《おぞけ》をなしたか」

「そうではありませんよ」

「じゃあ、なんだ」

「あなたの命が危ないから申しているのです」

「なんだと……」

顔を真っ赤にした喜楽は、よくもそんなことをいえるわ、と叫んだ。

喜多が見るかぎり、人間としての格は右門のほうが数段上だろう。しかし、剣術においては、人格とはかかわりのないところで決着がつくことも多い。

どちらが勝つかは、まさに時の運でもある。

右門が負けるとは考えにくいが、それでも、喜楽の乱暴さを思うと、予期せぬ出来事が起きないともかぎらない。

そこまで考えたら、自分でも思いも寄らない行動に出ていた。

「お待ちください」

駆け寄って稽古場のなかに入りこんだ喜多に、喜楽は怪訝そうな目を向ける。

「……なんだ、女は引っこんでいろ」

「そうはいきません。夕剣師匠が留守の間は、私も門弟さんたちを守らねばなりません」

「おや、おまえは夕剣のなんなのだ」

「なんでもありません。強いていえば、女の一番弟子」

「くだらねぇ。とにかく女は不要だ」

「試合はおやめください」

「……おまえは馬鹿か」

「兄上にもよくいわれます」

「兄だと……」

　ふたたび怪訝な目をする喜楽に、喜多は、右門さんの双子の兄上です、と答えた。

「それが、なにゆえ兄なのだ」

「右門さんは私の許嫁です」

「なるほど。許嫁の命が惜しいか」

「違います。無駄な命のやりとりなど馬鹿馬鹿しいと思ったからこそ、申し出たのです」

「男はな、その馬鹿さ加減が好きなのだよ」

「それは、あなただけでしょう」

　ふわっはは、と高笑いを見せてから、喜楽は刀を抜いた。

「やい、女」

「喜多という名前があります」

「……どこまでも生意気な女だ。ならば喜多とやら、もう一度いおう。引っこんでいろ。さもなくば……」

喜楽の剣先が、喜多の胸に突きつけられた。

それでも、喜多は一歩も引かない。

「度胸はあるようだな」

「あなたは度胸がありませんね」

「なにぃ」

「弱い犬ほどよく吠えるといいます。いまのあなたさまは、弱い犬と同じに見えます」

「……よく見ると、いい女だな」

「お褒めいただいてありがとう」

「ちっ、この道場は、おかしなやつばかりだ」

喜楽は、抜いた剣を右門に向ける。剣先を揺らしながら、

「おい、こんな女が出てきたんじゃ、やる気が失せた」

「それはいい兆候ですね」

「やかましい。おまえのその糠に釘顔も気に入らねぇ」

「生まれつきですからしかたありません。兄と同じです」

「あぁ、おめぇは双子の弟らしいな」

「しかも、私たち双子は、ふたりとも強いですよ」

それでも戦うのか、と右門は聞いた。

喜楽はすぐには返答せずに、しばらく黙していたが、

「剣に生きる者は、己より強い相手を求めるものだ。そのくらい知っておるであろう」

「そうかもしれませんが……」

右門の表情がかすかに曇った。いままでとは異なる種類の表情である。

「なんだ、なにかいいたいのか」

「喜楽さん、あなたの顔には死相が出ています。私は占い師ではありませんが、剣に生きる者として、忠告しておきましょう」

「それはありがたいことだな。では、こちらからも教えておく。夕剣にも死相が出ていると伝えておけ」

「夕剣師匠に……」

「そうだ。もともとおれは、夕剣と戦いたくてこの道場を訪ねてきたといったろう。おれと戦えば、間違いなく夕剣は死ぬ」

「そうですか」

「今日のところはそこのでしゃばり女に免じて、命を助けておこう。また訪れるゆえ、そのときは逃げるなと、夕剣に伝えておくのだな」

「師匠は逃げません」

「あぁ、ついでに、死相が出ているともな」

ふわっははは、とふたたび大口を開きながら、喜楽と名乗った道場破りは、悠然とその場から離れていったのである。

三

南條道場を出た喜楽は、一度、振り返り、

「おかしな連中のいるところだった……」

つぶやくと、九段下から鎌倉河岸を経て、いまは柳原土手《やなぎわらどて》を歩いている。

筋違御門《すじかいごもん》から八辻ヶ原《やつじがはら》の通りが、遠目に見えていた。

「ううむ、江戸は広い」

喜楽は、ひとりごちる。

「あまりにも広くて、目がまわる」

冗談ともいえぬ言葉を吐いた。

「目的があって江戸に出てきたのはいいが……」

その目的とは、敵討ちである。

じつはこの喜楽、左門と死闘を繰り広げた永山景之進《ながやまかげのしん》の弟である。その結果、景之進は、二度と刀が持てなくなってしまっていた。

といっても、腹違いの兄弟のため、景之進と一緒に暮らしたことはない。喜楽の母親が女中奉公をしているときに、主のお手がつけられ、喜楽を生んだのであった。

女中の子を育てるわけにはいかぬ、といわれ、喜楽の母は幼子を連れ、実家がある上州坂本《さかもと》に戻った。

喜楽はそこで、幼きころを過ごしたのである。

物心が着く前から、喜楽は母に、

「おまえは江戸の中坂にある、小普請組《こぶしんぐみ》ではあるがれっきとした武家の子なのですよ」

と聞かされて育った。

そして三月前、母が亡くなった。

そのとき母は、父親のくわしい素性や、異母兄弟にあたる部屋住みの永山景之進のことを教えてくれたのである。

小普請組では、旗本だとしてもそれほど裕福な家ではないだろう、と思っていたのだが、江戸に出て中坂の屋敷を目の前にしたときは目を見開いた。

そして、近所にそれとなく聞きこんでみると、景之進のほかに、なんと千代《ちよ》という妹がいるというではないか。

「会ってみたいものだ」

腹違いとはいえ、武家の娘の妹がいると知り、胸が躍った。

坂本での生活は、裕福ではなかったが、貧乏でもなかった。

母が亡くなってから知ったことだが、どうやら永山の家からなにがしかの金子が送られていたらしい。

となると、まったく見捨てられたわけではなかったのか。

それを聞いたとき、なぜか喜楽は嬉しい気持ちに駆られた。

父親には興味はないが、妹には会ってみたい……。

最初は、母が亡くなって坂本にとどまる必要もなくなり、一度、江戸に出て永山の屋敷を見てやろう、という軽い気持ちだった。わざわざ名乗り出ようという思いもなかった。

生前、喜楽の母は、近所の旅籠《はたご》に女中として勤めていた。忙しいときはしばらく帰ってこず、そのとき喜楽は近所の寺にあずけられたのだった。だが、しばしば喜楽は寺での退屈な生活から抜けだし、近くにあった剣術道場に逃げこんだ。

道場主は子どもの喜楽のなにが気に入ったのか、追い返すこともせず、稽古を眺めていることを許した。

そこは、柳剛流《りゅうごうりゅう》という剣法の道場であった。

天賦の才があったのか、見よう見まねで修行していた喜楽は、十三歳のときに正式に弟子入りし、三年で免許皆伝《かいでん》までのぼりつめた。

道場主は江戸から流れてきた、有腹十辰《ありはらじゅっしん》という男である。

喜楽の非凡な才を見抜いた十辰は、

「大人になったら、道場を譲ろう」

そんなことまで提案してくれた。喜楽自身、とても嬉しかったが、その十辰も一年前に病で亡くなった。だが、道場は喜楽の手には渡らなかった。

十辰がもう少し長生きしていれば、喜楽は道場の主となっていたかもしれない。道場に居場所もなくなった喜楽は、剣の腕前を活かし、町の有力者の用心棒などをしながら食い扶持《ぶち》を稼いでいたのである。

母も十辰も、ともにこの世にはいない。

先が見えなくなった喜楽は、坂本に見切りをつけ、江戸へと向けて旅立った。

旅の途中、目についた道場に、試合を申しこんでみた。いわゆる、道場破りである。

看板が欲しかったわけではないが、江戸に入る前に、多少なりとも小遣いを稼いでおこうと考えたのだ。

近在の百姓たちを相手にしているような、およそまともな剣術道場とは思えぬところで、道場主や師範代が出てきたところで、およそ負けるはずもない。

案の定、そこの道場主は戦わずに、

「これで内密にお願いします」

金子を渡して頼んできた。

そのようにして道場を渡り歩き、路銀《ろぎん》を稼いでいた喜楽は、道灌山近くで小さな道場を見つけた。

名前は、試技館とたいそうなものだったが、見るからにみすぼらしく、およそ高名な剣術家がいるようにも見えない。

またひと稼ぎしようか、と門前に向かう途中、稽古場の窓から門弟たちの声が聞こえてきた。

「永山景之進が手の腱《けん》を斬られ、二度と刀が持てなくなったらしいぞ」

「へぇ、たしか永山景之進といえば、九段下の南條道場の三羽烏《さんばがらす》のひとりではなかったか」

「そうだよ。道場をあげて開かれた剣術大会で、景之進は三羽烏のひとり、早乙女右門という男に勝ったんだ」

「ほう」

「しかしな、その戦いには不正があったらしい」

「どんな不正なんだい」

「含み針で、右門の目を射抜いたという噂だがなぁ」

「では、その右門さんの目は潰れたのか」

「いや、そこまではいかなかったらしい。だが、しばらくは目が開かなかったらしいぜ」

予想もしなかった名前を聞き、驚いた喜楽は、道場破りを中止してすぐさま南條道場を調べはじめた。

それによると、三羽烏とは、早乙女左門、右門、そして兄の景之進のようであった。ところが、兄は汚い手を使って道場を放逐《ほうちく》され、しかも、お返しとばかり誰かに手の腱を斬られたらしい。

三羽烏と呼ばれるならば、かなりの腕だったに違いない。

「そんな兄を討てるのは、南條道場の師範、南條夕剣に違いない……。いつか、兄の恨みを晴らしてやる」

こうして、喜楽は南條道場に、試合を申しこんだのであった——。


しかし……。

翌日、とんでもないことが起こった。

なんの因果か、はたまた不運なめぐりあわせか……。

喜楽の死体が、九段下の堀に浮かんでいたのである。

成二郎に呼ばれ、死体を検分した右門は、昨日の喜楽の言動を思いだす。

「……たしかに、ただの道場破りには見えなかったが……」

「どこその道場から恨みを買って、殺されてしまったんですかねぇ」

成二郎の言葉には、理由があった。

それというのも、喜楽の死骸には、逆袈裟切りの刃傷が残っていたのだ。

「まるで、一本の糸みてぇですね」

こんな太刀筋の傷は見たことがねぇ、と成二郎は舌を巻く。

「下手人は、そうとうな遣い手ですよ」

感心したようにいう成二郎に、右門は視線を向けた。

「まさか成二郎さん……夕剣師匠を疑っているわけではありませんよね」

「いえいえ、まさか、まさか」

「ならいいのですが」

「まぁ、ちょっとは……ね」

じろりと睨んだ右門から顔をそむけ、それにしても夕剣師匠は災難が続きますねぇ、と成二郎は他人事のようにつぶやいた。右門としても苦笑するしかない。

「喜楽という人の、くわしい素性は判明しているのですか」

「それが、まだです」

わかっているのは、あちこちで道場破りをしていたらしい、ということだけらしい。

「ただ、江戸に出てきたのは、つい数月前のことのようですけどね」

「それまではどこに」

「いま駒吉をやって、破られた道場をまわらせています。場所をたどれば、どこから出てきたのかもわかるんじゃねぇかと」

「そうですか。それにしても、ずいぶんと駒吉を贔屓してますね」

「いや、まあ、そういうわけでもないのですが……」

いままで決まった小者は連れていなかった徳俵成二郎だが、近頃は、駒吉がお気に入りのようである。成二郎は探索に、よく駒吉を用いていた。

吟味与力が町中をみずから探索に出歩くと、同輩からは、いささか変わり者として見られるらしい。見まわりをするのは、同心たちだからだ。

もっとも、同心だけでは、広い江戸の治安を守るだけの力はない。そこで、御用聞きが雇われる。

御用聞きのなかには、悪党たちの動向を知るという理由もあり、もとはやくざだったり、盗賊一味だった者もいた。悪党は悪党を知る、と重宝されるのだ。

その結果、悪どい生き方から抜けだせず、大店を十手で脅したり、裏から手をまわして小遣い稼ぎをする者も、大勢いる。

そんな素行の悪い御用聞きのせいで、町民からは嫌われているのだが、駒吉は少し毛色が変わっていた。

御用聞きにしては珍しくというべきか、駒吉は真面目な男だった。

そんなところも、成二郎は気に入っているのだろう。

「ところで、夕剣さんなのですが……」

「なんです」

「喜楽と夕剣さんの間に、なにか因縁はあるんですかねぇ」

そういいつつ、成二郎は考えこみながら続ける。

「これまで喜楽は小遣い稼ぎのために、道場破りを繰り返してきたようです。つまり目的は金です。楽に手に入れば、それに越したことはない」

「そうなると、南條道場はたしかに……」

そうそう簡単に、打ち勝てるような道場ではない。

近在の噂やこれまでの評判、門弟たちの振る舞いを見ても、すぐに気がつくはずだ。もっと楽に勝てて、金子を渡してくれる道場は星の数ほどあるだろう。

それでも喜楽という男は、南條道場に押し入ってきた。

「それも、夕剣さんを倒す……それを目標にしていたようですからね」

「まぁ、こじつければ、なんとでもいえますよ」

「本当に、ただのこじつけであればいいのですが」

成二郎にしても、夕剣が殺しにかかわっていると、本気で考えてはいない。それでも南町吟味方与力として、どんな可能性も排除はできない、という。

「喜楽という男の素性が判明すれば、おのずと夕剣師匠とは無関係だと、はっきりするでしょう」

「そうならねぇと困ります。見廻り同心たちのなかには、夕剣さんを引っ張れとわめいてる輩もいますからねぇ」

「そういえば、鮫川さんはどうしています」

「あの人は、お律殺しの推理を見事に外して、いまは少しおとなしくなっているようです」

その言葉を聞いて、右門は笑った。

「ですがね、やつは、死んでも鮫だ、などと乱暴な台詞が口癖の男ですから」

どんな無茶をするかわからねぇ、と成二郎はいう。

「おやおや」

「自分の間違いはきちんと自覚して、謙虚にならねぇとですよねぇ」

まったくそのとおりですね、と右門はうなずいた。

四

数日後――。

ここは九段下、南條道場のすぐそばにある、藤原《ふじわら》天目の住まいである。

後ろに神棚を飾った居間で、天目は長火鉢の銅壺《どうこ》に銚子《ちょうし》を入れたところだった。

今日も夕剣は天目の住まいを訪れ、部屋でくつろいでいる。天目はそんな夕剣を見つめながら、心配顔を崩さずにいた。

「天目さん、どうしてそんな顔をしているんですか」

おっとりとした声で、夕剣が問う。

「喜多さんが、わざわざ知らせてくれたのです」

「なにをです」

「徳俵の旦那が、夕剣さんを疑っているらしいって。喜楽とかいう男を斬ったのではないか、と」

「なるほど、斬り口が逆袈裟だったからのようだが」

いまや事件は瓦版にもなっており、町民たちの間で騒がれていた。

「はい……」

「町方としては、ちょっとでも疑いが生まれればそこを突っつく。それが仕事だからのう」

「そんな悠長《ゆうちょう》なことをいっていていいんですか」

成二郎さんならわかっているだろうが、ほかの同心たちは手柄を求め、濡れ衣を着せてくるかもしれない、と天目はいうのである。

「たしかに、そんなこともありえるのう」

「ですから心配なのですよ」

「だが、真実、私は潔白なのだから、町方も手は出せないでしょう。だいいち、喜楽とかいう男を斬る理由がない」

「そんなことは、簡単にでっちあげられてしまいます」

「これはまた、天目さんも辛辣なことだ」

いいすぎたかと、天目は頬を染めた。

「だがな、天目さん……私の心配はそこにはないのだ」

「どういうことですか」

「うむ……あまり他言はできぬことなのだが、どうやら私を相当に恨んでいる者が、江戸に現れたと聞いてな。大事にならなければいいのだが」

それもあって夕剣はここ数日、道場にも行かず、ひっそりとおとなしくしているらしい。

「まあ、それはいったい……」

そのときである。

大きく戸口を叩く音が聞こえてきた。

おもむろに立ちあがった天目は、戸口に出ると、

「誰でしょう」

「あら、噂をすれば影ですねぇ」

「なんの話です」

「徳俵さんの話を、いましていたところです」

「ろくな話じゃなさそうですが」

「そんなことはありませんよ。近頃の徳俵さんは、以前の背中を丸めて歩く姿とは打って変わって力強くなった、と夕剣さんは褒めていますから」

「ううむ」

普段なら大喜びするはずだが、今日の成二郎は違った。むしろ、苦しそうな表情を見せたのである。

「……いかがしました」

普段なら、ひとりで出歩く徳俵成二郎である。だが、今日は後ろに小者を数人控えさせているようであった。

「なにか、物々しい様子ですが」

そもそも、成二郎が天目の住まいを訪ねるなど、珍しい話である。

さらに、小者たちの真剣な目を見て、天目は気がついた。

いきなり部屋に戻ると、

「夕剣さん、逃げてください」

あわてて、夕剣を裏口に連れていこうとする。

「ちょっとちょっと。なにが起きたのだ」

手を引く天目に落ち着くように伝えると、戸口から徳俵成二郎の声が聞こえてきた。

「夕剣さん、逃げずに、出てきてください」

その言葉で、夕剣はまさかと目を見張った。さきほどの天目の危惧は、真実になってしまったらしい。

きつく握る手を天目から離して、夕剣は戸口に出た。

「徳俵さん、私を捕縛に来たのかね」

「観念してもらいます」

「喜楽とかいう道場破りが殺された件ですかな」

「わかっているなら、話は早い……神妙にしてもらいます」

成二郎としても、不本意なのであろう、その声に力は入っていない。

後ろから小者の声が飛んできた。

「南條夕剣、喜楽殺しで捕縛するから、神妙にしろ」

誰が叫んだのか、後ろのほうから聞こえてくる。一流の剣客を捕縛するためか、声は震えていた。

「夕剣さん、お願いだ。おとなしくついてきてください」

ううむ、と夕剣は唸る。

侍の捕縛に、町役人は手を出すことはできない。したがって、縄を打つような乱暴な真似はできないのであろう。

「わかった、私の身は成二郎さんにあずけよう」

「申しわけねぇ……」

成二郎は、いつもの丸まった背中に戻っていた。


じつのところ、夕剣には、本格的な捕縛の手はまわっていなかった。いや、まわりそうなところで、成二郎が一歩先んじて、夕剣を守ったのである。

「それはどういう意味です」

夕剣が連れていかれた、と泣きながら天目に訴えられた喜多が、早乙女兄弟に相談をしているのである。

例によって、九段下にある榊屋の二階。

きちんと話を聞かねばわからない、という右門の言葉で、徳俵成二郎もその場に参加していた。

「鮫川さんの手が伸びる前に、と思いました」

「ははぁ、先に隔離してしまえば、馬鹿な鮫は食い物を失うというわけか」

左門が笑うと、右門も、それは一理ありますね、と受け入れた。

守るためとはいえ、夕剣を連れていってしまった責任を感じているのか、成二郎は沈んでいる。

「まぁ、鮫はあきらめが悪そうだからのぉ。油断はできぬが」

うなずく左門を尻目に、喜多が成二郎に問いかけた。

「で、いま夕剣さんはどこにいるんです」

「陸奥会津藩《あいづはん》の中屋敷です」

「なんと……会津松平《まつだいら》の屋敷か」

左門が素っ頓狂な声をあげた。

夕剣は剣の腕を買われ、武家の剣術指南も受け持っていた。会津藩はそのうちの一藩であるという。

会津松平の初代は保科正之《ほしなまさゆき》。めきめきと実力を蓄え、いまでは御三家の水戸《みと》二十五万石よりも実質石高は多く、四十万石はくだらぬだろうともいわれるほどの大藩であった。

そんな大藩にも武芸指南していたのか、といまさらながらに夕剣の偉大さが感じられた。

会津中屋敷は、三万坪ほどの広大な屋敷だ。船に乗れば、すぐに浜御殿。となりは伊達六十二万石の大名屋敷がつらなり、およそ庶民には縁遠い場所だ。

「ううむ、旗本三千五百石もかすんでしまうぞ」

左門の言葉に、成二郎はうなずきながら、

「それくらいのほうが、誰も手出しはできません」

「なるほど、さすが江戸一の吟味与力どのだ」

本気で感心する左門であったが、成二郎はあまり喜ばない。

「それにしても、どうして夕剣師匠が疑われているのです」

はい、と答えてから、成二郎は続けて、

「小者たちが聞きこみをした結果、事件のあった日に、喜楽らしき男と夕剣さんが会っていたようなのです」

「本当か」

「証人もひとりだけではないようで、駒吉だけでなくほかの小者たちも似たような証言を拾ってきました」

「もっとくわしく知りたい」

どこで会ったのか、その目撃者とは誰か、刻限は……。

また、会っていたのはふたりだけか、ほかの者はいなかったのか、と左門はたたみかける。

「そこまではまだ聞いていません」

「すぐ駒吉を、ここに連れてきましょう」

右門が立ちあがると、私が連れてきます、と成二郎が止めた。

それより、と今度は左門が成二郎を制する。

「喜楽とやらの亡骸をあらためることはできるか」

「それは問題ないと思いますが」

まだ、自身番の隅に置かれているのではないか、と成二郎はいった。

「それはまた。いくらなんでも可哀相だな」

「どこぞのお家に仕官していたわけでもありませんからね。無宿の浪人扱いですよ」

左門は顔をしかめて、

「扱いはともかくとして、このまま火葬されては困るのだが」

「兄上も斬り口を見たいのですね」

「どれほどの腕で斬られたのかを見てみたいのだ。わたしが斬り口を見れば、夕剣師匠が手をくだしたのかどうか、はっきりするはずだ」

「そうはいっても……」

成二郎は、心配そうな顔をしたままだ。

「夕剣さんほどの腕になれば、斬り口を普段と変えることも、可能ではないのですかね」

「たしかに……できるかもしれんのぉ」

五

さっそく成二郎の案内で、死体が見つかった九段下の掘割のそばにある自身番に向かった。

しかし、あいにくと喜楽の亡骸は、すでに移動させられていた。どうやら、鮫川が奉行所に運んでしまったあとらしい。

したがって、斬り口を確かめたいという左門の希望は、宙に浮いてしまったのである。

それならそれでもいい、と左門はたいして気にしていない。

「駒吉は、喜楽という男の素性をどこまで調べたのであろうか」

左門がつぶやくと、成二郎がうなずいた。

「では、駒吉を呼びましょう」

「まぁ、それはあとでもよい。それより頼みがある」

左門は、夕剣師匠に会って話を聞いてみたいのだが、と問う。

なんとかしましょう、と成二郎は答えた。

相手は、大藩、会津である。そんなに簡単に話を進めることができるのか、と右門は危惧するが、

「いえ、会津の中屋敷に行きたいといいだしたのは、夕剣さんですからね。こちらからも、すぐ連絡は取れるようにしてくれているはずです」

それはいい、と左門は浮かれている。

「一度、大藩の屋敷にもぐりこんでみたいと思っていたのだ」

「兄上、もぐりこむわけではありませんよ」

苦笑しながら、右門は帳面を開いて、

「今回の捕物帳は、まだくわしい記述はできていませんねぇ」

「だいいち、喜楽が何者かもわかっておらぬからな」

双子は、同じような顔でうなずいている。

そんな仕草を見て、成二郎は、なかなか慣れねぇ、とつぶやいた。

「同じ顔でも、性格は異なるぞ」

真面目な顔で左門が答えると、

「それはわかってます。その差がなければ本当に、どっちがどっちだかわからねえですからね」

「私はよくわかるのだがな」

「……あたりまえでしょう」

「そうかな。ときどき弟を見ていると、自分のことのように思えてくるぞ」

「あっしには男の兄弟はいませんから、わかりませんです」

真剣な顔で答えた成二郎を見て、左門は大笑いする。

「ここは笑うところだ」

「……はて、なぜです」

「ううむ、もうよい」

九段坂をのぼっていると、後ろから成二郎を呼ぶ声が聞こえた。

振り向くと、駒吉である。

「どこにいたんだ」

不審な目をしながら、成二郎は足を止めた。

坂を駆けのぼってきた駒吉は、はぁはぁいいながら、

「鮫川の旦那が、さっきやってきました。顔を見ると嫌味をいわれるので、路地に隠れていたんですがね」

「それで、おまえの存在に気がつかなかったのか」

「へぇ」

「で、鮫川がどうしたんだ」

「自身番で、馬鹿な吟味与力はどこにいる、と叫んでいました。あ、すみません、鮫川さんが叫んだんです。あっしではありません」

「わかっておる。なにゆえ、私を探しているのだ」

「夕剣師匠をどこに隠したのか、とわめいていました。番太郎にまで聞いていましたよ」

「やはり、やつは頭がおかしいな」

番太郎に聞いたところで、答えが得られるはずもない。

「それはそうと、喜楽の正体について調べはついたのか」

「へぇ、聞いて驚きますぜ」

「そらぁ、大変だ」

「へぇ、大変なんです」

おいおい、と左門は呆れながら、ふたりの会話を止める。

「師弟で、いつまで馬鹿やっているんだ」

「え……」

駒吉が不思議そうな顔をする。

「あっしたちは、師弟関係なんですかい」

目を成二郎に向けた。嬉しさと困惑が混じったような顔つきである。

駒吉に見つめられて、成二郎は、ちっ、と舌打ちしながら、

「馬鹿をいうな。おめぇを弟子にした覚えはねぇよ」

「やはり……そうじゃねぇかと思いました」

早乙女兄弟はそんなやりとりを、半分呆れながら聞いていた。


浜御殿をのぞみながら、夕剣は悠然とした態度であった。

夕剣師匠と話をしたいという希望は、すぐ叶ったのである。

枯山水のような庭の見える部屋で、夕剣は優雅に座っていた。

「なかなか見られぬ、すばらしき光景ですねぇ」

右門は、感激している。

京の寺であれば、このような庭は売るほどあるがなぁ、と夕剣は笑う。

「しかし、元気そうで安心いたしました」

「いつ、本気で捕縛されるかわからぬけどのぉ」

左門の心配とは裏腹に、夕剣からはそんな戯言も出るほどである。

「師匠、そんな悠長なことをいっていると、なにをされるかわかりませんよ」

「まさか。天下の江戸奉行所が、間違ったお裁きをするわけがない」

「そう願いたいのですが」

右門は、あくまでも慎重である。師範代としての自分がしっかりせねばならぬと考えてもいるのだろう。

「右門、門弟たちはどうしておる」

「心配せぬ者たちは、ひとりもおりません」

「それは不埒な」

「……どうしてでしょう」

「おぬしたちは、己の師匠を信じることができぬのか」

「いえ、そういう意味では……」

「ふふ、まあ、よい」

夕剣は、かか、と笑う。

「ところで、師匠。喜楽という男をご存じですか」

左門が本題に入った。

かすかに眉をひそめながらの問いは、どんなことでも笑い話にしてしまう左門でも心配らしい。

「喜楽という名は知らぬが、たしかに、おかしな男に会ったのは間違いない」

「それはどこで」

「昨夜のことだ。九段下をそぞろ歩いていたときのことだ」

「それはどこかの帰りですか」

左門の質問に、夕剣は言葉が詰まった。

「兄上、その問いは野暮というものですよ」

「野暮だと……なぜだ」

右門はにやにや笑いながら、ほら、とわけありの目つきをする。

「なんだ、ごみでも入ったか……と聞くところだろうが、なるほど、これは気がつかなかった。天目さんのところからの帰りであったか」

「兄上、このようなときは、そこまでいわぬものです」

「ううむ、男と女の話は難しい」

真剣な目でそんな台詞をいう兄を見て、右門は本気で笑い転げた。夕剣は、なんともいえぬ顔で腕を組んでいる。

夕剣の話はこうだった。

木戸が締まる前に戻ろうと、九段下、掘割に沿って進んでから、坂道に差しかかったところで、後ろから足音が聞こえた。

いかにも、夕剣を追いかけてくるようであった。

夕剣は足を止めずに進んでいくと、今度は、たたたた、といきなり早足となった。後ろの足音も追いかけてくる。

「しつこいやつだ」

しかたがなく夕剣が振り返ると、鬼のような形相の男が向かってきていた。

「何事か」

静かに問うと、男は声もなくいきなり斬りつけてきた。

「馬鹿者」

かすかに身体を傾けて、相手の太刀筋を外した。

「何者か知らぬが、恨みを買う覚えはない」

「兄の仇」

「なんだって……」

兄とは誰だ、と夕剣は問う。

「永山景之進だ。覚えがあろう」

「なんと……景之進に弟がいたのか」

「腹違いだが、兄は兄だ」

坂の途中に設置されている常夜灯の明かりに照らされた男の顔は、火照っているように見えた。

「おまえは、兄貴の仇だ」

「勘違いしては困るが……まぁ、よい」

ここで、景之進を斬ったのは自分ではないと諭しても、おそらく無駄だろう。

夕剣は、そのまま喜楽と対峙する。

「おまえの兄は汚い手を使ったのだぞ。武士にもあるまじき行為だ」

「だからといって、殺されてもいいとはいえねぇ」

「殺されてはおらぬ。二度と刀が持てなくなっただけであろう」

「他人事のようにいうな」

問答無用とばかりに、喜楽は刀を振るった。

「その太刀筋は……柳剛流か」

「それがどうした」

「教えてあげよう。柳剛流の得意技は、膝を斬る太刀筋だ」

「…………」

「初手から相手の脛を狙ったのでは、太刀筋がばれるではないか。まずは、目線を上に位置せよ」

「なんだと」

「戦いのとき、人は相手の目の動きを探る」

「…………」

「であるからな。よいか、初めは上を狙っていると思わせるのだ」

「よけいなことを」

「ふふ。役に立つであろう。今後はそのように目線を使い、剣先を流すのだな」

そういい捨てると、失礼する、と夕剣はその場から離れたというのである。

「へぇ、師匠は敵に塩を送るんですね」

「剣に生きるものは、みな同じだからのぉ」

ふわふわとした笑みを浮かべて、夕剣は答えた。

「師匠から剣を教えられた喜楽は、そのあと、いかがしたのですか」

「ははは、動けずにいたよ」

「なんと……」

左門は、舌を巻くしかない。

普段、道場破りが来ても、夕剣は滅多に戦わず、最後には相手も神妙な顔つきで帰っていくらしい。それは、夕剣の大きな器に接するからであろうか。

自分はまだまだだ、と左門は心のうちでつぶやいたのであった。

六

会津中屋敷を訪れた双子の兄弟は、いまさらながらに、師匠の器量の大きさに驚かされたのだが、夕剣の話はそれだけでは終わらなかった。

「じつは気になることがある」

と眉をひそめたのである。

「喜楽に対してですか」

「いや、私に対して恨みを持つ者がいる。もちろん、喜楽とやらではない。それは人違いだからのぉ」

たしかに、景之進と戦い、剣を持てなくしたのは左門である。自分のせいで師匠に迷惑がかかってしまったと、左門の気持ちは一瞬沈んだが、あえていまは考えないようにした。

「恨みとはどういう……」

道場破りに対しても寛大に接する夕剣ですら、恨みを買うような過去があるのだろうか。早乙女兄弟は顔を見あわせた。

もっとも、剣に生きている者ならば、自分でも知らないうちに敵を作ってしまう可能性も捨てきれない。

「他人には話をしたことはないのだが……こうなってしまった以上、おまえたちには話しておいたほうがいいような気がする」

「それは、どんな……」

こんなときでも捕物帳に筆を走らせはじめる右門を見て、夕剣は苦笑いを浮かべる。

「なるほど、右門の捕物帳には、なんでも記されているらしい」

「ここで記した内容は、過去から先への文ですから」

「そうらしいの」

うなずいた夕剣は、おもむろに語りだした。

それによると、夕剣がまだ若かりしころのこと……。

二十歳になったかならぬかあたりであった、と夕剣は懐かしそうである。

そのころの夕剣は剣術修行で、全国行脚《あんぎゃ》をしていたという。

各地の名のある剣術遣いに手合わせを願い出て、戦っていたというのである。

「当時は、逆袈裟斬りには到達しておらぬからな。いろんな術を身につけたいと考えていたのだよ」

淡々と語る夕剣の表情は、達観という言葉がよく似合っている。

「京のある道場で、剣術の大会があったのだ」

その道場は、京流から派生し、独自の流派を打ち立てていた。

師範は、今清水源道《いましみずげんどう》という男で、道場があった場所は七条大宮《しちじょうおおみや》だったと思うが
……と夕剣は目を細めた。

「そばに東本願寺があってな。その大きな本堂に座っていると、心が落ち着いた

ものであったよ」

「へえ……江戸と京の街では違いますか」

「それは、まったく違うな。月と鼈《すっぽん》ほどとはいわぬが、虎と兎ほどは違う」

「……虎は見たことがありませんので、その例えが想像できません」

真面目に答えた右門に、夕剣は苦笑いしながら、

「なに、そんなに真剣に聞く話ではない」

新京流という名で道場を興した源道は、流派の名をあげたい、と躍起になっていたようであった。

だからこそ剣術大会は、他流派の参加が歓迎されていた。

話を聞いた夕剣は当然、出場を望んだのだが、その参加者のなかには、源道の息子もいた。

名を舟玄《しゅうげん》といい、その端正な顔つきと、今清水をもじってか、今牛若丸《いまうしわかまる》などと呼ばれていたらしい。

「その二つ名からもわかると思うが、舟玄は身も軽く、上段から打ち据えるときには、二間も飛んだほどであった」

「なるほど、それで牛若丸なのですね」

「五条大橋の欄干を飛びまわったかどうかはわからぬが、まぁ、それほど噂される男だったことはたしかだ」

「その男と師匠は戦ったのですか」

「そういうことになる」

「聞くまでもなく、師匠が勝ったんですね」

左門は、それが当然だという顔で聞いた。

「まぁ、そうなのだが……」

「負けたのですか」

「いやいや、勝ったよ」

「そうでしょう。師匠が負けるわけがない」

「まさか。全国には、強い剣客は星の数ほどいる」

「師匠は、ひとりで星の数を超えています」

「それは褒めすぎであろう」

わははは、と夕剣は楽しそうに笑った。


大会は静々と進んだ。

夕剣は危なげなく勝ち進み、源道の息子、舟玄もまったく敵を寄せつけずに勝ちあがっていった。

最後に、四人の剣客が残った。

ひとりは、夕剣。

そして、舟玄。

「ほかの名前は忘れてしもうたわい」

思いだせない、と夕剣は頭を掻く。

「まぁ、それほど、ふたりが強かったということでしょうねぇ」

剣客は強い相手の名は覚えているが、弱い相手の名はすぐ忘れる。

「ふふ、そうかもしれぬ」

左門の言葉にも、夕剣は悪びれない。それだけ自分に自信があるのであろうなあ、と左門は感心する。

いつかは、そんな心境になりたいものだ、と左門は心のうちでささやくが、そこまでの明鏡止水《めいきょうしすい》になれるのは、いつのことやら。

喜多とたわいない口喧嘩を楽しんでいるようでは、まだまだと思わざるをえないが……いやいや、夕剣師匠も天目さんとはじゃれあっている、と思い直した。

だが、喜多は弟の許嫁で、天目さんと夕剣師匠との間柄とは、まったく異なる。

左門は、くだらぬことを考えてしまった、と己を笑いながら、

「それで、試合はどうなりましたか」

「舟玄は強かった。しかし、勝ったな。たしかに勝てたが、まさに紙一重の差であったなぁ」

逆袈裟を思いついたのは、そのときであった、と夕剣は感慨深そうである。

「いま思いだしてみても、舟玄の飛び蹴り上段の太刀は、身震いするほどだ」

「なんです、その飛び蹴り上段の太刀とは」

右門が興味深そうに問う。

「いってみれば、虎と龍が一緒に飛びついてくるような剣だ」

「……わかりません」

ふっと口元をゆるめた夕剣は、ついてまいれ、と立ちあがった。

七

夕剣に連れて行かれたのは、屋敷内の広大な庭であった。

当然、外から部外者にのぞかれる心配もない。藩の者も、遠慮してか夕剣たちには近づかない。

「ここならちょうどよい」

夕剣は、兄弟でそこに立っているよう、指示をした。

なにが起きるのか、とじっとしていると、

「きえ」

いきなり、夕剣の身体が飛びあがった。

まるで、獣かなにかが天の雲に向かって駆けあがっていくように見えた。

と思った瞬間、夕剣は雲から、下界に飛びおりてきた。

剣は持っていないが、伸ばした足先がまるで、鋭利な刃物に見えた。あたかも突き刺されるほどの危険を感じた。

「死ぬかと思ったぞ」

左門が、ため息混じりに吐いた。

「すごい技ですね」

「しかし、この技を習得した師匠もすごければ、それを初見で打ち破ったとは、激しくすごい」

「たしかに……激しく、すごい」

左門と右門が目の前で繰り広げられた絶技に興奮していると、夕剣がぽつりとつぶやいた。

「だが、強い者は、それだけ恨みを買う」

「しかし本当の剣客ならば、勝ち負けはその場かぎり。あとは気にしないはずではありませんか」

右門の言葉に、夕剣はうなずきながら、

「戦う本人同士ならば、そうであろうがなぁ」

「ほかの者は違うと」

「とくに身内はのぉ」

己が戦っていないぶん、負けた悔しさが、数倍になって残る。

とりわけ、その勝負で身内が命を失えば、なおさらであろう、と夕剣はため息をついたのであった。

「あのとき、とっさに出たのが逆袈裟であった。それは、本能としかいいようのない動きであった。もちろん、手加減などする余裕はなかった。逆袈裟の一撃を受け、当たりどころが悪かったのか、舟玄は亡くなってしまった」

むしろ、舟玄の飛び蹴りの技で、夕剣が命を失っていたかもしれない。剣客同士の試合というのは、それだけ苛烈《かれつ》なものであるのだ。

「そのために、今清水の身内に恨まれたのですか。もしかして父親の源道とやらですか」

いや、違う、と夕剣はゆっくりと首を横に振った。

「舟玄には、かなり年の離れた弟がいた。名を、伝次郎《でんじろう》というたかな」

「その伝次郎に恨まれていると……」

「当時、伝次郎はまだ十歳にも満たぬ子であった。当時の試合について、どれだけ理解していたのかはわからぬ。ただ、兄の命を無惨に奪った、憎き仇に見えたのかもしれぬ」

「その目で見てなくとも、父親から、勝負の経緯を聞かされたのかもしれませんね」

「その疑いはあるのぉ」

「恨みを、いまになって晴らそうとしているというのですか」

「はっきりはせぬが、その伝次郎が江戸に来ているのはたしかなようだ。あとは、おまえたちが調べてくれないか」

夕剣は、右門が腰からぶらさげている捕物帳を指さした。

「そこに、どんな内容が書かれるのか、楽しみにしておるぞ」

「わかりました……」

うなずく右門を満足そうに見てから、

「おう、そうじゃ、右門。そこに記された九段下を歩いていた理由は消すのだ」

「は……い」

「なんじゃ、その顔は。まぁ、よいか」

最後は、わははは、と嬉しそうに笑う夕剣を見て、

「ううむ、この人はいろんな意味で強い」

早乙女兄弟は、同じ思いを抱いたのである。


翌日のこと。

右門は、朝起きると道場には行かず、中坂に向かっていた。喜楽が景之進の弟と知り、千代はどうしているだろうかと気になったからである。

「喜楽の存在を、千代さんは知っていたのであろうか」

もし、知っていたとしたら、その死を嘆き悲しんでいるのではないか。少しは

力になってあげることができるのかもしれない、と思いたっての訪問であった。

兄はおそらく、成二郎や駒吉に頼んで、今清水伝次郎が江戸に来ているかどうかを調べてもらうつもりだろう。

伝次郎と喜楽の死がどこでつながるのか、いまのところはまだはっきりしていない。もしかすると無関係かもしれないが、実際に喜楽が何者かに殺された以上、調べる必要はありそうだった。

昨日、夕剣は喜楽の腕について、右門に問うた。

「喜楽の腕は、どの程度であった」

「真剣を持った立ち姿を見たところ、かなりの遣い手ではあったと思います」

右門は、素直にそう感じていたのである。

勝負は時の運だとすれば、確実に勝てたかどうかは疑問である。

その右門の言葉を聞いた夕剣は、そうか、と得心顔で、

「右門がそこまでいうのなら、腕はたしかであったに違いない。それほどの剣客を一太刀で倒すのは、至難の業であろう。それができて、しかも、脳天から斬られていたとしたら、太刀筋から見て……」

「今清水家の斬り口……」

左門のつぶやきに、夕剣は、その可能性は高い、と答えたのである。

右門の捕物帳が過去から現在への伝言であるように、昔の出来事は、いまへとつながるのかもしれぬ、と右門は思った。

「だからこそ、人は身を慎まねばならぬ……」

そうひとりごとを吐きながら、中坂をのぼりきり、永山家の前に着いた。

普段ならば開いているはずの冠木門《かぶきもん》が閉じられている。

「これは……永山家になにか起きたのだろうか」

心配になった右門は、門を叩く。

誰か出てきてくれたらいいのだが、と思いつつ待っていると、潜《くぐ》り門が開いた。

永山家では見たことのない男が外に出てきて、

「これは、早乙女さま」

「私をご存じで」

「夕剣師匠に何度か稽古をつけていただくときに、尊顔《そんがん》を拝しております」

「……門弟ではなさそうだが」

師範代の右門は知らぬ顔である。

「あ、道場内でのことではなく」

「ははぁ、剣術指南に出向いた先でのことですね」

ときどき、夕剣と一緒に出稽古に行くときがある。その際にでも顔を見られていたのであろう。

「お察しのとおり。夕剣師匠にはお世話になっております」

どこの御家中かと問おうとしたが、それより大事な話がある。

「永山家でなにか起きたのでありましょうか」

「……いえ。なにも」

「あの、お名前をお聞きしてもよろしいかな」

「富岡佑之介《とみおかゆうのすけ》と申します」

「富岡殿は、永山家のご親類ですか」

「いえ、違います」

「それが、どうして……」

「あいや、それについては、少しこみ入った事情がありましてな。今日のところは、お帰り願いたいのです」

「千代どのにお会いしたいのです。お取り次ぎ願いたい」

「今日のところは……」

富岡の言動は、意味不明である。

「千代どのは息災《そくさい》ですか」

「いずれにしましても、今日のところはお帰りいただきたい」

その態度は、右門を拒否しているように見えた。あきらかに迷惑顔なのである。

ただ千代に会って、喜楽ついて聞いてみたいと思っての訪問である。それがどうして、このように拒否されるのか。

それも、永山家の者からではなく、他人からである。

もしかしたら、喜楽の死とかかわりがあるのかもしれない。

だとすれば、しつこくするのは逆効果であろう。

「わかりました。今日はここで帰ります。千代さんに、早乙女右門が訪ねてきたと、よろしくお伝えいただきたい」

富岡は、その言葉には答えず、失礼いたす、と潜り門から戻っていった。

「どういうことだ」

右門は、不愉快な声でつぶやくしかなかった。

八

そのころ、駒吉は、喜楽が千住宿《せんじゆしゆく》の今松屋という旅籠に逗留《とうりゆう》していたと調べをつけていた。

その知らせを受けた成二郎は、すぐ千住に駆けつける。

今松屋という旅籠は、街道の外れにあった。とくに豪勢な造りでもなく、こぢんまりとしている。あまり金に余裕のない旅人が泊まるところなのだろう。上州から出てきたばかりで、喜楽も貧乏だったのかもしれない。

成二郎は、喜楽を接客したという小女に質問を浴びせた。

どんな様子であったのか、ひとりだけで仲間はいなかったのか、いつごろ旅籠に現れたのか、とたたみかけるような質問に、まだ十代と思える小女は、途中で泣きだしてしまった。

「旦那、そんな聞きかたじゃぁいけねぇ。それに、旦那は身体が大きいから、若い女は威圧を感じるんでさぁ」

「なにぃ」

駒吉に非難をされて、成二郎は怒りの目をするが、考えてみればそのとおりかもしれねぇ、と考えをあらためる。

「あっしが聞きますから」

「頼むぜ」

小女は駒吉にまかせて、成二郎は旅籠のまわりをうろついてみた。誰か喜楽を知っている者がいるかもしれない、と考えたからである。

うろうろしていると、客らしき三人がたむろしている場に出会った。

成二郎の顔を見て、こそこそ逃げだそうとする。

「おいこら、待て」

こんな態度が嫌がられるのかもしれないとは思うが、ほかに言葉が浮かんでこない。

「いや、待ってくれ、ちょっとの間だから」

へりくだったいいかたをしてみる。

なんだか調子が狂うぜ、とつぶやきながら、成二郎は男たちの前に進んだ。

「みんなは、ここの客かい」

三人は、お互い顔を見あわせながらうなずいた。

「殺された喜楽ってぇ男を知ってるかい」

するとなかのひとりが答えた。

「侍とも町民とも、なんともわからねぇ雰囲気の男がそんな名前だったと思いますが」

会話を交わすような機会はなかった、という。

「やつに仲間はいなかっただろうか」

いなかったと思う、と三人は答える。

と、上方言葉の男が、あぁ、と思いだしたように、

「ひとりだけ、話しこんでいた客がいました」

「ほう、どんな野郎か覚えているかな」

「お侍さんですよ。といっても、浪人に見えましたけどね」

今度は、北国の訛《なま》りのある男が答えた。

「なんだか、目が陰険な侍でしたねぇ」

「陰険とは」

「人を見張っているような。あぁ、あの目は、仇を狙っているような」

「敵討ちだと……」

「まぁ、見た目の話ですぜ。聞いたわけでありませんから、あしからず」

敵討ちなら、喜楽のほうだろう、と成二郎は考えるが、

「その浪人は、いまどこにいるかわかるかい」

「昨日、出立しましたよ」

「行き先は聞いてねぇか」

「さぁ、旅籠の主人なら聞いているかもしれませんね」

「どうしてそう思うんだ」

「江戸にはあまりくわしくなさそうでしたからね。町の名前などを聞いていたようです」

「どんな町名だ」

「さぁ、それは宿屋の主人に聞いてください」

もっともな言い分である。

「そうだな、すまねぇ、助かったぜ」

表にまわると、駒吉がきょろきょろしている。成二郎を見つけると、探してました、と駆け寄ってきた。

「旦那、いろんなことがわかりましたぜ」

鼻をひくひくさせながら、駒吉は重要な話をするように顔を寄せた。

「あの小女は、喜楽と、もうひとりの浪人を接客していたそうです」

「陰険な目をした浪人か」

「……へぇ、旦那もご存じですかい」

「知らねぇよ。誰なんだ、それは」

「そいつは、生まれが京の都だ、と自慢していたという話です」

「ほう、京か」

「名前が、今しずか、とか、今は水とかなんとか」

「なんだ、なんとかとは」

「あっしがいってるんじゃありません。お半《はん》がそういったんです」

「お半とは……」

「さっきの小女の名前ですよ。そこで、あっしは宿帳を見てまいりました」

「で、わかったのかい」

「へぇ、あっしも役に立つでしょう」

「なんだ、わかっているなら早くいえ」

「今清水という名前です。下の名は、伝次郎」

今清水伝次郎は、大川の流れを見ながら、橋を渡っていた。

京都《きょうと》には、鴨川《かもがわ》という流れがある。

目の前の川とは、ずいぶんと雰囲気が違っていた。その差はどこにあるのだろう、と自問してみる。

おそらくは……見る者の気持ちの違いだろう、と結論づけた。

気持ちとはなんだ。

江戸にいる、という気持ちだ。

兄の仇が、すぐ目の前にいるという気持ちだ。

「それにしても、喜楽という間抜けと宿で一緒になったのは、僥倖《ぎょうこう》であったな」

伝次郎はほくそ笑む。

今松屋という、貧乏旅籠に草鞋《わらじ》を脱いだのは、正解だった。もっとも、はじめからなにかを期待したわけではない。

全国行脚をしている途中であり、手元不如意《てもとふにょい》のために選んだ旅籠でしかない。

それがどうだ。

己と同じように、南條夕剣を狙う男と一緒になるとは。

といって、最初からお互いの身の上話をしたわけではない。旅籠のとなりにある鼠《ねずみ》が走りまわるような居酒屋で酒を飲んでいるところに、喜楽という男がふらりと入ってきたのであった。

同じ今松屋の客だと気がついたふたりは、誘うともなく同じ席についていた。

「江戸は嫌いだ」

いきなり、目の前の喜楽が吐きだした。

「どうして」

「仇がいるからだ」

「仇……」

「あぁ、まぁ、そんな話は聞きたくねぇか」

「いや、そうでもねぇが……」

己も仇を探している、とはいわなかった。そこまで初対面の野郎に話す必要はない。それをあっさりと語るこの男は、頭が足りないのか、と思いながら、顔を見つめる。

「仇といってもな、勝てる相手じゃゃねぇんだ」

「ほう」

「だからな、おれは江戸に死ぬために来た」

「死ぬためと……」

「あぁ、勝てるわけがねぇ相手に立ち向かうんだからな。楠木正成《くすのきまさしげ》が負けと知って戦ったようなもんだ」

「……なんだかわからぬ話だが、まぁ、いい」

「おや、軍記物は知らねぇのか」

「知らぬ」

軍記物などくだらぬ、と思っている。昔のいいかげんな戦いの物語の、どこが楽しいのか。それより、現実の戦いのほうが数段楽しい。

とくに、剣術試合で勝ったときの高揚感は、至福の思いがする。

「あんたの仇は、そんなに強いのか」

問うたのは、強い相手なら名前を聞いておきたいと思っただけだった。強力な相手を見つけると、叩きのめしたいという気持ちが高ぶる。

「名前か」

「あぁ、そいつは剣客なのか」

「あぁ、江戸でも評判の剣客だ」

「ほう、知りたいものだな」

「そんな名を聞いて、どうするんだい」

「なに、話のたねよ」

「南條だ」

「なに……」

「南條夕剣という名だ。九段下という場所に、道場をかまえている」

「南條……夕剣」

「名前くらいは聞いたことがあるかもしれねぇな」

聞いたことがあるどころではない。兄、舟玄を斬った憎き相手だ。

兄が斬られた瞬間は見ていない。当時、伝次郎はまだ幼い子どもだった。父親の源道は、十歳にも満たない子に、剣術大会を見せはしなかった。

兄の舟玄は、無類の強さを誇っていると聞かされていた。それが、伝次郎には自慢でもあった。

しかし、大会が終わっても、兄は家に戻ってこなかった。

父親に、兄はどうしたのかと問うと、震えながら、負けた、と答えた。

怪我でもしたのか、と聞いたが、父親は首を振る。そこで、まさかと思った。

兄は斬られて死んだのか、と追及すると、

「おまえの兄は、必殺の飛び蹴り上段の術を使った。だが、敵はもっとあっぱれであった」

幼き伝次郎は、なにが起きているのか理解できないまま、話を聞いていた。

「勝った、と思った瞬間、敵の身体は右に傾いていた」

どういう意味か、と伝次郎は問う。

「戦いの流れに、たいした意味などない。そのとき、己の身体がどのように反応するのか、自分自身にも想像はできぬ」

とにかく、敵の夕剣は、人間離れした動きであったという。

「それは、鬼に似ていた」

「鬼……」

「まさに、鬼のようであった。勝負は、鬼が勝った」

父から聞いたときの会話は、なぜか覚えていた。そのときは、はっきりとした意味はわからずとも、言葉の一句一句、忘れることはできない。

そのときの伝次郎も、鬼となって聞いていたのかもしれない。だから、覚えているのであろう。

「おい、聞いているのか」

喜楽が不思議そうな目で、伝次郎を見つめている。

「あぁ、悪かった。敵討ちと聞いて、大変であるなぁ、と感慨深かったのだ」

「そうか」

喜楽が返事をしたとき、伝次郎の頭に雷が落ちた。

こやつを利用してやろう。逆袈裟斬りにして、夕剣がやったように見せてやるのだ。伝次郎は、ほくそ笑んだ。

だが、それでは本当の意味での敵討ちではない、という声も聞こえてくる
伝次郎は、それが鬼の声だと感じた。

いや、どうせ調べが進めば、夕剣の仕業ではないと町方も気がつくだろう。一度、捕縛されて放免されるだろう……。

そのときが、本当の戦いのときだ。

喜楽が殺された手口を見れば、夕剣は気がつくはずだ。

「舟玄の弟、伝次郎の手口ではないかと……」

夕剣に恐怖を与えられるかもしれぬし、町方に捕縛されれば、多少なりとも心身はすり減っているだろう。相手の実力を少しでも目減りできれば、伝次郎が勝

つ可能性も高まる。

そして、いま。

伝次郎は、浅草浅草寺で勝利を願ったあと、大川橋を歩いていたのである。

夕剣はあっさりと疑いが解け、放免になった。

といっても、捕縛されていたわけではないので、この点では、伝次郎の策は失敗したといえよう。

鮫川も、どうやらあきらめたらしい。成二郎が、千住で喜楽と今清水伝次郎という男が出会った事実を伝え、夕剣と伝次郎の確執を、こんこんと説いたからであった。

「しょうがねぇ。それなら、夕剣を自由にして、今清水伝次郎とやらが顔を出すのを待つとするか」

そういって鮫川は得心したのである。

会津屋敷には、天目と喜多が迎えにいった。

左門たちは、いまだ伝次郎の行方を追っていたからである。

「伝次郎は、夕剣師匠の居場所を知っているのでしょうか」

「それはどうかな。だが、もし知らぬとしても、あまり関係はないであろうな」

右門の疑問に、左門が答えている。

南條道場の稽古場での会話である。

夕剣が自由になり、会津屋敷から戻ってくる途中、伝次郎が待ち伏せしていないともかぎらない。あるいは道場まで乗りこんできて、夕剣との勝負を望むかもしれない。

とはいえ、会津屋敷からここまでの間に襲ってくるとは考えにくかった。

夕剣には警護がつくと、誰でも予測はつく。伝次郎も馬鹿ではないだろう。

「伝次郎が一流の武芸者なら、その程度の頭はあるだろうよ」

「そうだと思いたいものですが」

「なに、心配はいらぬよ。天目さんと喜多のふたりがついていたら、地獄の閻魔でも鬼でも逃げてしまう」

かかか、と笑う左門だが、右門は渋い表情を崩せずにいる。

夕剣が放免になって戻ってくるまでは、少し間がある。したがって、門弟たちはまだ集まってはいない。

待つ時間は長い。

と、道場の入り口で誰かが叫んでいる声が聞こえてきた。

「誰だろう」

右門が入り口に向かった。

すると、道場前に、魚屋が盤台を置いて待っていた。

「すまないが、あとにしてくれないか」

「いえ、商売できたんじゃありません。柳原の土手を流していたところ、お侍さんにこれを届けてくれと頼まれましてね」

魚屋は、懐から折りたたまれた文を取りだした。

それを受け取った右門は、

「これを頼んだのは、どんな人でした」

「へぇ、浪人さんですねぇ。あれはおそらく、江戸者ではありません」

「なぜわかるのです」

「神田川の名前を聞いたんです」

柳原土手の下を流れるのは、神田川だ。それを知らねぇのは、江戸っ子ではないからだ、と魚屋はいった。

江戸に住んでいたら、五歳の子どもでも、神田川の名は知っていると笑った。

「そうでしたか、ご苦労さまでした」

右門はていねいに礼をいってから、

「ついでにお聞きします」

「へぇ、なにか」

「その浪人は、上方言葉でしたか」

「そうですね……たしかに、そのようなしゃべりかたでした」

「わかりました、ありがとう」

右門は、文を持って道場に戻った。

こんなものが届けられました、と魚屋との経緯を伝えると、見せてみろ、と左門は手を伸ばす。

「でも、これは夕剣さんあてですよ」

「ひょっとしたら、果たし状かもしれんではないか」

「まさか」

「もしそうなら、知っておいたほうがいい」

「そうですねぇ。これを渡すように頼んだのは、上方訛りの浪人だったといいますから」

「伝次郎ではないのか」

「もしそうだとしたら」

「気になるであろう」

「はい」

右門は、封書を開こうとしたが、まだ逡巡《しゅんじゅん》があるようだった。

「私が破る」

いきなり左門は、封書を破り開いた。赤字が見えている。

「……やはり、果たし状だぞ」

「どうしましょうか」

「私が行く」

「しかし」

戻ってくる夕剣は、なんというだろうか。

心配顔をする弟に、左門は笑ってみせる。

「夕剣師匠の強さは知っているであろう」

「はい。あの会津屋敷での師匠は、あらためてこの世のものとは思えぬほどの迫力がありました」

「伝次郎の敵ではないな。だから、私が戦ってみたいのだ」

「それは危険すぎます」

「勝つから心配はいらん。負けたら喜多を頼む」

「え……」

「わはは、私がいい残すような話ではないか」

かかと笑った左門は、立ちあがった。

「この話は、夕剣さんにも天目さんにも、喜多にも内緒にしておけよ。知られたら、どんなことをいわれるかわかったものではない」

「はい」

「捕物帳にも、書かずともよいぞ」

「はい」

右門は、あきらめたような笑い顔を見せるだけである。

果たし状には、いますぐ大川の先の浅木原《あさぎはら》に来い、と書かれていた。

おそらく、浅茅が原の間違いだろう。

江戸者ではない伝次郎は、聞き間違いをしたのではないか。

辰の刻になろうとする時刻。

江戸の朝は、明け六つからはじまる。芝居がはじまるのも、明け六つからだ。したがって、芝居見物は朝から一日がかりなのである。

辰の刻になると、職人たちが立ち働きだす。大川沿い、花川戸《はなかわど》から今戸《いまど》にかけても、これから仕事をはじめる職人たちの姿が見られた。

戦いの刻限は、辰の後刻と記されていた。

さきほど、浅草寺の時の鐘から、捨て鐘の三つが聞こえてきたところだ。捨て鐘は、次の時の鐘への合図でもある。それを聞いた次の時の鐘場が、用意をするのである。

捨て鐘を聞きながら、左門も戦いへの心の準備を整えていった。

敵は強そうである。

そういえば、と左門は思いだす。

含み針という汚い手を使った景之進と戦ったときに、鬼の心が重要だ、と夕剣は語った。

その言葉は、夕剣が舟玄と戦ったときに達した心境であったのだろう。

当然だが、夕剣としては、伝次郎とは自分が戦わねばならぬと思っているはずだ。しかし、左門はひとりの剣客として、伝次郎と戦ってみたかった。

「私もいっぱしの剣客になりかかっているのであろうか」

いままで、こんな気持ちになるなど、夢にも思いはしなかった。

景之進と戦ったあのときから、剣術家としての自覚が芽生えてきたのかもしれない。

もっとも、夕剣には、勝手なことをするな、と叱られるだろう。それでも、己の腕を試してみたい……。

流れる川を右に見ながら、左門はそんな感慨に耽っていた。

都鳥の鳴き声が激しくなり、やがて遠のいた。

そろそろ、浅茅が原である。

果たし状には、浅茅が原のどこかとまでは記されていなかった。江戸に明るくない伝次郎は、入り口あたりで待っているのではないか、と左門は予測しながら浅茅が原まで進んでいく。

不意打ちをしてくるとは思えないが、それでも、警戒は必要だろう。左門は周囲に目を配りながら、浅茅が原の入り口に立った。

風が強い。

これで雨でも降ってきたら、お誂《あつら》えの果たし合いになるのだろうが、そうはならず、朝の光がまぶしく目を射る。雨とは縁のなさそうな朝であった。

木陰から、浪人髷《まげ》の男が出てきた。

せかせかとした江戸住まいの人間とは異なり、のんびり閑とした雰囲気である。いかにも都育ちといった風情であった。

「おまえはなんじゃ」

男が、左門を見て叫んだ。

「今清水伝次郎か」

静かに左門は問いかける。

「夕剣はどうした。臆したのか」

「師匠は、この果たし合いを知らぬ」

「なんだって……そうか、おまえは早乙女のなんとかだな」

「左門だ、なんとかではない。おまえと戦う相手の名前くらい、しっかり覚えておけ。裏神保小路の早乙女左門。人呼んで……天下御免の」

「やかましい。夕剣を連れてこい。兄の仇を出せ」

「おまえが戦う相手は、この早乙女左門だ」

問答を続けていてもしようがない。左門は、先に刀を抜いた。

おそらく伝次郎は、飛び蹴り上段からの技を使ってくるだろう。それを避けるには、剣先を上に突きつけたほうがいい。

左門は、正眼《せいがん》の構えから上段の構えに切り替えた。その動きを見た伝次郎は、にやりとする。

「ふん、夕剣から、兄と戦ったときの話を聞いているらしい」

「問答は、時間の無駄。抜け。江戸っ子は気が短いのだ」

「ほほう……」

ようやく伝次郎も刀を抜いた。上段の構えである。

ふたりとも、剣を上に構えて対峙している。

風がそよと動いた。

まわりの草の葉が揺れる。

揺れた草木の陰には、急ぎ駆けつけてきた右門と夕剣が隠れているのだが、左門と伝次郎はそれに気がついているかどうか。

夕剣としては自分の手で始末をつけたかったが、来たときにはすでに左門と伝

次郎は果たし合いの間に入っていた。こうなってしまえば、同じ剣客として、無闇に邪魔はできなかった

「おまえを斬り、次は夕剣だ」

そう叫ぶと、伝次郎は地面を蹴って、左門に向けて飛びあがった。

「あ……」

戦いを見ていた右門がうめいた。

なんという跳躍力《ちようやくりよく》であろう。伝次郎の身体は、そばにある松の木ほども飛んだように見えた。まさに、天狗《てんぐ》飛び切りのようであった。

それだけではない。右門の目に飛びこんできたのは、同じように天に向かって飛びあがった左門の身体であった。

「まさか……兄上まで」

となりで、夕剣がつぶやいた。

「まさに、鬼同士の戦い」

勝負はまさに紙一重、針一本の差でしかなかったであろう。

天上でふたりは、身体を交差させた瞬間、剣先も交差させていたのである。剣が衝突した音は聞こえなかった。

その代わり、聞こえてきたのは、骨が砕ける音であった。

先に地面に落ちたのは……。

「兄上……」

左手の付け根から、血を流している。そこを右手でおさえながら、左門は痛みに耐えているようであった。

数瞬の間があって、伝次郎が落ちてきた。それはまさに落ちるといった表現がぴったりであった。

草の上でも、ごとんと音がして、伝次郎の身体が横たわった。

しかし、すぐに立ちあがり、

「ふっ、おまえの負けだ……ぐふ……」

呻《うめ》きとともに、口元が血で染まった。

やがて、その血は飛沫《しぶき》となり、周囲に飛び散った。草木が血に染まった。

伝次郎の身体は、どうと音を立てて、朽木《くちき》のように倒れこんだ。

「五臓のどこかをえぐられたな。だから、本人は気がつかぬ。しかし、時間の差で、そこが致命傷になるのだ」

夕剣の言葉は、地獄から聴こえてくるようであった。

左門が、血に塗れた手を隠しながら立ちあがった。そこに、やはり遅れて駆けつけてきた天目と喜多が走りこんできた。

左門は立ち続けることができず、その場に血だらけでしゃがみこむ。

その姿を見た喜多は一瞬、目を見張って、猛然と左門に飛びついた。

右門も左門の身体に抱きついた。

「兄上」

「左門さん」

ふたりが、左門に抱きつく。

「おう、弟よ。妹よ。私は勝ったぞ。私は勝った、勝てた……勝った、勝った……勝った……勝っ……」

左門は途中で気絶した。

右門と喜多の目には、朝焼けに染まった涙があふれていた。

第三話　馬場の風

一

初夏の風には優しさがある、と喜多はいった。

左門は、今清水伝次郎との戦いで勝ちはしたが、大怪我を負っていた。左の肩の骨が砕けていたのである。

大怪我をした左門を看病しているのは、喜多である。右門にも、兄の病を早く治してあげたい、と頼まれてもいる。

喜多には治療する知識も力もないが、

「憎まれ口をききあって、気持ちを萎えさせずにいることくらいならできます」

というわけで、今日も喜多は、病に臥《ふ》せっている左門を訪ねていた。

これから道場に出かけようとする右門に、左門さんはこの風を楽しむことができなくて可哀相ですね、という。

「さっき顔を見ると、少しうとうとしていたみたいです」

右門の言葉に、喜多はうなずきながら、

「薬はちゃんと飲んでいるでしょうか」

「どうですかねぇ。兄上のことですから」

「それは、いけません。私が飲ませます、そのために来たのですから」

喜多は左門の寝所に向かった。

「左門さん、起きてますか」

返事はない。

「きちんとお薬を飲んでいますか」

臥せっているはずの左門は、床には入っているが身体を起こし、そばに置いてあった木剣を振ろうとしていた。

「そんなことはおやめください。骨はまだくっついておりませんよ」

そそくさと薬箱に手を伸ばして、茶碗に薬を溶きながら、

「お飲みください」

「薬は嫌いだ」

「私が好きなら、薬を飲んでください」

「どっちも嫌いだから、いらぬ」

「……嘘はいけません。早く飲んで」

「うううぐぐ」

よだれでべたべたになりそうな勢いで、喜多は薬を溶かした湯のみ茶碗を、左門の口元に押しつけた。

ようやく飲み干した左門は、左肩に手をあてて、

「ここはどうなっておるのだ」

「順庵《じゅんあん》先生の話では、折れているそうです」

「順庵か。藪《やぶ》だな」

「順庵先生が藪なら、兄上は、私のこぶです」

「こぶとはなんだ」

「邪魔なだけです」

「むかっ……そのわりには、面倒を見てくれるではないか」

「見なければ、うるさいでしょう。もういいですから、お休みください」

「むう」

「黙ってください、左門さん」

喜多はすっと立ちあがると、襖の前で立ち止まった。

「全快するには、かなりかかりそうですからね。静かにしていてくださいよ」

「ううむう」

「また明日、来ます」

喜多の姿が消えると、今度は甚五がやってきた。

「なんだ、盗人め」

「旦那、怪我をしても口はますます元気になったようで」

「そんなことはない」

「ちょっと、いいですかい」

「楽しい話なら、どんなことでも聞くぞ」

楽しいかなぁ、と甚五はつぶやいてから、

「じつは……千代さんが消えたようです」

「誰だ、千代とは」

「永山家の娘ですよ」

「永山だと。どこだそれは」

「肩の骨を折られただけではなく、頭のなかも砕かれたらしい」

「わかっておるわ。景之進の妹であろう」

「そうです。近頃、まったく顔を見せねぇと思ってました。それに、おかしな連中が永山家を出入りしてましてね」

「おかしな連中とはなんだ」

「おそらくは、目付です」

ううむ、と唸った左門に、甚五は続ける。

「ここんところ、女のかどわかしが増えているという話をしましたが、覚えてますかい」

「あぁ、子どもから若い娘に標的を変えたかもしれぬ、という話であろう……ちょっと待て。景之進の妹が、そのかどわかしに遭ったというのか」

「目付が出張《でば》っているところからして、そうではねぇかと」

「盗人が気がつくんだから、本当かもしれんな」

「へぇ」

このまま放っておくわけにもいきませんから、少し調べてみます、といって、甚五は帰っていった。

ひとりになった左門は、肩をおさえながら、

「こんな状態では当分、なにもできん」

まぁ、右門がいるから大丈夫か、とつぶやいてから横になると、いつの間にか寝息を立てていた。

喜多の薬が効きはじめたらしい。


右門はあれから、何度か永山家に千代を訪ねてみたものの、一度も会わせてはもらえなかった。

見たことのない富岡佑之介なる男の存在が気になっていたからでもあるが、それ以上に、永山家の様子がおかしかったからである。

父に聞くと、千代の父親は、ここのところ病を理由に出仕していないらしい。

永山家に、なにかが起きている……。

そう感じていると、甚五が、右門に伝えておきたい話がある、と声をかけてきたのであった。

その内容は、千代がかどわかしに遭ったのではないか、という警告であった。

「それは本当ですか」

「まだそうと決まったわけではありませんが」

だが、目付が動いていると知らされたとき、右門は得心した。

千代を訪ねた際、冠木門はしまったままだった。そして、見知らぬ侍が応対に出てきた事実などを、甚五に伝えたのである。

「あの富岡という侍は、目付だったのですね」

「いえ、右門さん。まだ証拠があるわけではありませんから、この話は当分、誰にも話さねぇほうがいいと思いやす」

「そうですね。しかし、そうなったら、なんとかして助ける方法を探したいものです」

「いまは、こちらからは動かねぇほうがいいと思います」

「そうかな」

「本当にかどわかしだとしたら、下手に動くと、千代さんの命が危ない」

「なるほど、それもそうだが、目付の動向も気になります」

「そっちは放っておきましょう。また、なにかはっきりしたら、報告にあがりますから」

「わかりました……」

甚五が帰っていくと、右門はすぐ着替えをして、屋敷の外に出た。道場に行かねばならないのだが、どうにも気持ちが落ち着かない。

甚五のいうとおり、いまはあわてて動くときではないだろう。

助けに動くのは、白黒がはっきりしてからのほうがいい。それに、左門の身体はまだ本調子ではない。

「捕物帳を充実させて、兄上が動けるようになったときに役に立つようにしておこう」

右門はそうつぶやきながら、南條道場へ向かっていった。

二

江戸はそろそろ夏である。

あちこちから、笛や太鼓《たいこ》囃子《ばやし》が聞こえてくるのは、夏祭りが開かれているからであろう。

南條道場の近くでも、飯田町《いいだまち》やちょっと足を伸ばした鎌倉河岸界隈などの広場では、いつもより床店が多く並び、風車や玩具などが売られ、人の流れは多かった。

九段坂下にある南條道場には、侍だけではなく、町人の門弟もいる。

そんな門弟たちのなかには、夏祭り用の半纏《はんてん》を羽織ったまま通ってくる連中もいて、道場のなかはいつもより賑やかな雰囲気に包まれていた。

右門が道場に着くと、待っていたように駒吉が寄ってきた。

「おや、駒吉さん、どうしたんです」

「師範代、それはねぇなぁ」

「あぁ、駒吉さんも弟子入りしていたのですね」

「へぇ、あっしもね、なんとか、ひとりで悪党を捕縛できるくらいの腕は必要かと思いまして」

「なるほど、たしかに親分ともなると、十手捕縄術は必要でしょうねぇ」

はい、と答えた駒吉だが、どこか浮かない顔をしている。

「おや、駒吉さん、どうしたんです」

「なにがです」

「いつもの、潑剌《はつらつ》とした駒吉さんにしては、声の響きに元気がないような」

「さいですかねぇ」

「はい」

なにか心配事でもあるのか、と右門は聞いた。

駒吉は、しばらく目を泳がせていたが、そのうち決心したのか、

「師範代に聞いてもらえるなら……」

「門弟の悩みは、私の悩みでもあります」

「ありがてぇや」

聞いてください、と駒吉は語りはじめた。

「じつは……」

駒吉の住まいは、神田の白壁町《しらかべちょう》だ。

甚五が住んでいる小柳町《こやなぎちょう》とは、鍋町《なべちょう》の通りをはさんだ筋向かいである。となりが連雀町《れんじやくちょう》でその前は、筋違御門《すじかいごもん》。子どものころから、八辻ヶ原で遊んでいたらしい。

「で、あっしが餓鬼《がき》のころ、通っていた手習いの師匠が、両国広小路そばの横山町に住んでいるんですが、その師匠がちと厄介なことになっているんです」

師匠の名は、杉山正三郎《すぎやましょうざぶろう》といって、生まれは相模《さがみ》のほうだという。

厄介事を抱えているのは正三郎もだが、その原因は、手伝いとして雇っている

若い娘のほうにあった。

「お田鶴《たづ》ちゃんといって、十八歳になったばかりの可愛い娘です」

「そのお田鶴ちゃんが、どうしたんです」

「へぇ、弟について相談を受けたんですがね。名前は、鶴八《つるはち》といいます」

「鶴に八か、それはまた縁起のよい名前ではありませんか」

「ははぁ、いわれてみたらたしかに縁起がいいや。ですが、本人はまったくその名に合わねぇ野郎でしてねぇ」

「悪さに手を出しているとか」

「いえ、そこまではねぇんですが」

横山町に、十人程度でつるんでいる集団があるという。

目立った悪さをしているわけではないが、よその町から入ってきた者に喧嘩を売ったり、生意気だと難癖をつけ、殴ったりしている。

仲間の証として、みな手首に白い糸を巻いているために、まわりからは白糸組などと呼ばれているそうだ。

若さゆえか、鶴八はその白糸組に入りたいらしく、姉のお田鶴はなんとかして阻止したいと考えていた。

だが、自分の力ではどうにもならず、雇い主の正三郎に相談をしたという。

「正三郎さんが鶴八に説教をしたところ、大きなお世話だといって、逃げてしまったそうでして」

「鶴八は、どうしてそんな仲間に入ろうと思ったんですかね」

「まぁ、若いやつらからしたら、ちょっと粋がっている野郎たちですからね。まだ思慮《しりょ》のねぇ餓鬼の目には、格好がいいように見えるかもしれません」

「で、鶴八はどうなったんです」

「ちょっと話がこみ入ってるんですが、お田鶴ちゃんには、いい仲の男がいましてね」

お田鶴の名を出すたびに、駒吉の顔に憂いが生じる。どうやら、駒吉はお田鶴に惚れているらしい。

「その男というのが、白糸組と敵対している、深川《ふかがわ》の仲間のひとりなんです」

「おやおや。その深川の者たちも、白糸組と同じような乱暴者なんですか」

「まぁ、似たようなやつらです。それぞれ縄張りを持っていまして、それを守るためには、喧嘩も厭《いと》わねぇ連中です」

「そいつらには、なにか呼び名がついていますか」

「やつらは、赤い糸を帯の上に巻いていて、赤糸組と自分たちを呼んでます」

「なるほど、赤い糸と白い糸の争いが起きたのですか」

「鶴八が逃げた先が、深川だったんです。白糸を手首に巻いたままだったので、赤糸組に見つかって、ぼこぼこにされてしまいました」

ゆがんだ顔をしながら駒吉は、大きくため息をついた。

いまの話は徳俵の旦那にも話していねぇから、黙っていてほしい、と駒吉は頭をさげた。

鶴八が瀕死の重傷を負わされた姿を見て、黙ってはいられないと、白糸の連中は息巻いているらしい。

これは戦さだ、と首領格《しゅりょうかく》の奉太郎《ほうたろう》という男が、みなに檄《げき》を飛ばしているようなのであった。

「お田鶴ちゃんは、それを止めたいと思っているんです」

その気持ちはわかる、と駒吉はいう。

「でも、好いた相手は赤糸組で、弟が白糸組。お田鶴ちゃんは、どちらにも怪我などはしてもらいたくない、と願っているんです」

右門は渋い顔をしながら、

「なんとかして、喧嘩をやめさせねばいけない、と」

「そうなんです、そうなんです。しかも、ですよ……」

悪化していく状況を憂いた正三郎が、これは自分の出番だとばかりに、単身で深川に乗りこんだのだという。

喧嘩をやめるように諭そう、というつもりであったらしい。

「それも、少し無茶な話ですねぇ」

興奮しているところに、のこのこ出ていっても、ろくなことにはならないだろう。案の定、正三郎は捕まって、監禁されてしまったというのである。

それを知った白糸組の連中は、長槍《ながやり》や長ドス、匕首などを掻き集めているのだとか。

「それは大事になってしまったものですね」

「へぇ、まったくで」

きっかけは、弟が白糸組に入らないように願っただけだった。それがこんな大きな揉め事にまで発展してしまい、お田鶴は嘆き続けているという。

「鶴八は、殴られた痕《あと》がいまだ治らなくて、顔が大福のように腫《は》れているらしいです」

「困ったものですね」

「師範代、なんとか解決する方法はありませんかねぇ」

「すぐには思いつきませんが……」

まずは、正三郎を助けださねばなるまい、と右門は答えた。

最良の解決は、ふたつの組が手打ちをすることだろうが、興奮しているいまでは、無理な話だろう。

「いい知恵を貸してください」

「わかりました。なんとか考えてみます」

「おねげぇします。お田鶴ちゃんに笑顔が戻るようにしてあげてぇ」

「はい」

駒吉は話が終わると、今日は稽古する気分になれねぇ、とそのまま帰っていった。

まずは正三郎を助ける策から考えようか、と右門が頭を働かせようとしたとき、

「師範代。稽古を」

門弟のひとりに声をかけられて、これはいけない、と気持ちを切り替えた。

夕剣は、会津屋敷へ剣術指南のために留守である。師範代の自分が気持ちをよそに向けていては、怪我人が出てしまうかもしれない。

いつもは夕剣が座る上座に腰をおろして叫んだ。

「では稽古、はじめ」

ようやく道場に、掛け声や打ちあう木刀の音が響きはじめた。


道場を出た駒吉は、その足でお田鶴に会おうと、鎌倉河岸から十軒店を突っ切って横山町に向かった。

お田鶴の住まいは、横山町の二丁目である。すぐとなりは馬喰町《ばくろちょう》で、近所に初音《はつね》の馬場がある。そばに大きな火《ひ》の見櫓《みやぐら》があり、馬場のまわりには紺屋《こうや》の反物が干されて、風にたなびいていた。

そんな通りを進んで、お田鶴の長屋に着いた駒吉は、木戸番と挨拶を交わす。

「お田鶴ちゃんはいますかねぇ」

「あぁ、弟があんなことになったから、あまり外には出ることができねぇだろうな」

「そうですかい。鶴八は、まだ顔が腫れてますかい」

「あぁ、だいぶよくなってきたらしいな。だけどなぁ」

町役は困ったような表情を見せた。

「おや、なにかあったんで」

「ちっとばっかり身体がよくなったと思ったら、鶴八め、お田鶴ちゃんの気持ちも無視して、白糸の仲間に会いにいったらしいんでさぁ」

「また馬鹿なことを」

「そうなんです。親分からも、きちんと意見してやってください」

「あ、あぁ、そうだな」

まだ親分と呼ばれるような身分じゃないが、そう呼ばれるのはいい気分だった。

「じゃ、ちょっくらお田鶴ちゃんの顔を見てこよう」

お田鶴の棟は、入ってすぐのところだ。

戸を叩くと、すぐ返事があった。

戸が開いて駒吉の顔を見ると、お田鶴は一瞬、嬉しそうな顔になったが、すぐにまた憂いを帯びる。

「どうしたんだい」

駒吉は不安な声で問いかけた。

「鶴八が、またいなくなったんです」

「あぁ、聞いたよ。白糸の連中のところだな」

「そうだと思います」

「怪我はまだ完全に治ったわけではねぇんでしょう」

「蹴飛ばされた痕が残ってて、痣《あざ》だらけです」

駒吉は、どう返していいのか、言葉が出てこない。

お田鶴は、どうぞなかへ、と誘うが、

「いや、今日は風もあり気持ちがいいから、馬場にでも行きましょう」

なんとなく、女ひとりの住まいに入るのは気が引けた。

駒吉の気持ちに気がついたのだろう、お田鶴は笑みを浮かべて、

「駒吉さんは優しいですね」

「いや、そんなことはねぇよ」

「いえいえ、駒吉さんの気持ちは伝わってきますから……」

ありがたいが、お田鶴の気持ちは駒吉ではなく、赤糸の男に向いているのだ。

駒吉は、なんとなく寂しさを感じる。

だが、そんな思いはおくびにも出さずに、

「とにかく外の風にでもあたりましょう。そのほうが身体にもいい」

「そうですね」

ちょっと待っていてください、といって、お田鶴は家のなかに戻っていった。

しばらくして出てきたときには、紅が差されていた。そのおかげか、さっき見たときよりも、顔が明るくなっている。

「お田鶴ちゃん、その紅、よく似合っているなぁ」

「そう、ありがとう」

嬉しそうにお田鶴は微笑んだ。

三

なんとかお田鶴の憂いを取り払ってやりたい、と駒吉は思うのだが、なかなかそのための道筋を見つけることができない。

馬場には、馬を追う侍たちの勇姿が見える。

蹄《ひづめ》の音がなんとなく物悲しく聞こえてくるのは、お田鶴の顔が沈んでいるからかもしれない。

「駒吉さん」

「なんだい」

「ごめんね……」

「なにも謝ることなんかねぇよ」

「でも、私がよけいなことを頼んだから、心配事が増えてしまって」

「いいんだ。揉め事をおさめるのは、おれの仕事だから」

「そういってくれるのは嬉しいけど」

正三郎は、まだ赤糸組に監禁されたままだ。

それに、鶴八は姉の気持ちを知ってか知らずか、姿を消してしまった。

「鶴八さんは、いまどこにいるんだい」

「はっきりは知らないけど、白糸の人たちが集まるねぐらだと思います」

「どこなんだい」

「聞いても教えてくれなかったんです」

「そうかい。まぁ、調べたらすぐわかると思うけど」

「わかったから、教えてね」

「もちろんだよ」

だが本心をいえば、駒吉には、もっと訊きたいことがあった。

お田鶴が好きな赤糸の男の名前、どこの生まれで、どこで出会ったのか、など、
とにかくその男に関してのすべてだ。

だが、それを聞くのは憚《はばか》られる。

お田鶴としても、聞かれて嬉しい話ではないだろう。

馬場の柵に手を置きながら、お田鶴は身体をひねって駒吉に目を送った。

「なんだい」

「正三郎さんを、なんとか助けてください」

「あぁ、いまある人に頼んで、いい知恵を探ってもらっているんだ」

「そのかたは、信用できるのですか」

「もちろんだよ」

早乙女の名を出そうとして、やめた。

右門にしても、名前を出されるのは迷惑だろう。

「信頼できるお人に頼んでいるから、心配はいらねぇよ」

駒吉は念を押した。

そのくらいしないと、お田鶴の不安は払拭《ふっしょく》できないだろう。

「そうですか、それならいいんですけど……私がなにかやると、かならず、おかしなことになってしまう……」

「そんなことはねぇよ。誰だって、家族がおかしな方向に行きそうになったら、助けたいと思うもんだぜ」

「ありがとう」

風が強くなってきた。

目の前を、鼻息を荒くさせた馬が駆け抜けていく。

「そういえば、駒吉さん」

「なんだい」

「私に用事があったのでは」

「あぁ、いや、鶴八のことが気になったのと、お田鶴ちゃんが元気かどうか、それを確かめにきただけだから」

「ありがとうね」

「いや、元気そうでよかった」

ちっとも元気ではないと思うが、そう伝えておいたほうがいいような気がする。

さらに風が強くなった。

馬場の広さが、風を強くしているのかもしれない。

「お田鶴ちゃん、寒くなってきたから帰ろうか」

「そうですね」

お田鶴の心のなかは、弟のことと正三郎のこと、そして赤糸の男でいっぱいになっているのかもしれねぇ。

そう考えると胸が張り裂けそうになるが、といって、自分に向いてくれとはいえない。そんな話をしたら、嫌われてしまうに違いない。

駒吉の頭のなかには、いろんな渦が巻いている。

「駒吉さん」

「なんだい」

「私、ここからひとりで帰るからいいわ」

「それはだめだ。赤糸組の連中が、こちらに出張ってきているという噂もあるんだ。喧嘩に巻きこまれてしまうかもしれねぇ」

「私は大丈夫よ」

そうか、あっちの男と付き合っているんだった。

だったら、お田鶴に乱暴するような真似はしねぇか、と駒吉は己の馬鹿さ加減を笑う。

「わかった。じゃ、気をつけて」

「うん、ありがとう」

「いいんだ」

「駒吉さん」

「なんだい」

「本当にありがとうね。私、駒吉さん、好きよ。これからも手を貸してね」

「……あぁ、もちろんだよ」

お田鶴は、じゃあ、といって馬場から離れていった。その後ろ姿をじっと見ながら、

「あぁ、お田鶴ちゃん。おれも、あんたが好きだよ、大好きだよ、本当に好きなんだ……」

目の前ではいえない言葉が、つい口に出ていた。

成二郎には話をするなとはいわれたが、こんなときは、町方の手を借りたほうが話が早い。思いきって右門は、成二郎に相談を持ちかけた。

「まさか、あの駒吉がねぇ」

「それは、どういう意味です」

人助けなのか、それともお田鶴という女に惚れているほうなのか、と右門は笑いながら問う。

「はは、両方ですよ」

「駒吉さんだって、子どもじゃありませんよ」

「いやいや、いまの話を聞いただけでも、まだまだ幼いとわかります」

「どこがです」

「女になんか、惚れちゃいけませんや」

「おや、成二郎さんは、好いた娘さんなどはいないのですか」

「いませんね、そんな面倒なものは」

「ものはないでしょう」

「ものでいけなければ、やつです」

「どっちにしても、天目さんや喜多さんに聞かれたら、舌を抜かれますよ」

「こらぁ、いけねぇ。いまの言葉はふたりにはご内分に」

はははは、と笑いながら右門は、わかっています、と答えた。

「ところで、その正三郎という手習いの師匠を助ける算段ですが」

「えぇ、なにかいい知恵はありますか」

「こういうのにぴったりの知恵者がいると思うのですが……」

「兄は、いまはだめですよ」

「どうしてです」

「大怪我をしたあとですからね。そんな兄を駆りだしたら、またまた喜多さんに怒られます」

「なるほど、まちげぇねぇや」

「今回は、兄なしで解決しましょう」

「それも一興です。でも、捕物帳はどうするんです」

「もちろん書きますよ」

「左門さんが、あとでそれを見たら、なにかいうかもしれねぇなぁ」

「そのときは、そのときです」

「まぁ、兄弟ですからねぇ」

「でも、気になることもあります」

「なんです」

「私たちは双子ですから」

「……それは知ってますが、それがなにか問題でもありますかい」

「私の頭のなかを、兄はすべて見通してしまうかもしれないのです」

「あぁ、双子ねぇ」

いまさらながら成二郎は、ふたりの関係に思いあたる。

「そんなに双子ってぇのは、通じあっているんですかい」

「他人にはわからないでしょうねぇ。とくに兄は、その辺が敏感です」

へぇ、と成二郎は感心するしかない。

「というと、右門さんも、左門さんがなにを考えているのか、わかるんですね」

「ときどきですけど。でも兄は、ときどき真っ白のときがあるんですよ」

「真っ白とは、なにも考えていねぇんですかねぇ」

「それが、そうではないんです。いつぞや夕剣師匠がいってましたが、あるときは鬼になります。たとえば、永山景之進と戦ったとき」

「鬼ねぇ」

「この前、伝次郎と戦っているときも、私は兄がどこにいるのかわかりませんでした」

「ふぅん、そんなことがあるんですねぇ」

「そんなとき、兄はおそらく嵐の中心にいるのだと思います」

「嵐の中心地とはなんです」

「周囲は荒れているけど、真の中心地は快晴です。波風なく、ゆったりと落ち着いた状態です」

「はぁん」

成二郎のため息は、まるで左門のようだった。

四

右門は、兄の稀なる能力を感じている。それは、自分にはない力であるという。

「双子でも、持つ力は違うんですねぇ」

なかば成二郎は、感心しながら答えた。

「そうらしいですね」

「でも右門さんは、左門さんにはない才能をお持ちですよ」

「はて、自分ではわかりません」

「人を引きつける力です。右門さんの前にいると、なんだかほんわかします。そう、温泉に入って湯治《とうじ》をしているような」

「それはそれは、私は温泉ですか」

「それも、とびきり精がついて力がついて、心が落ち着き、この世が楽しくなるほどの力です。ですから右門さんは、みなから慕われるのです」

「それはありがたいですね」

「ふたりでひとつ……とでもいえば聞こえは悪いけど、うまくできているんじゃありませんかね」

「そうかもしれません」

ところで、と成二郎は声をひそめる。

「その正三郎さんの救助策ですが」

「はい、なにかよい知恵は浮かびましたか」

「いいかどうか、わからねぇですがね」

さらに声をひそめると、

「こちらも人質を取りましょう」

「……人質の交換をしようというんですね」

「さすが、温泉右門さん、察しが早い」

「温泉は、よけいですよ」

にやにやしながらいう右門を満足そうに見ながら、成二郎は続けた。

「赤糸組にも、頭領だったり首領だったりがいると思うのですが」

「いるでしょうねぇ。まだ、そこまで調べはつけていませんが」

「人は誰でも弱点があります」

「はい」

「夕剣さんには、天目さん。右門さんには喜多さん。左門さんには……左門さんには、なんですかね」

「はは、やはり喜多さんではありませんか」

「そうかもしれねぇ。そうしておきましょう。つまりは、その弱点である人間を捕まえるんです」

「そんなことができますか。いまの状況では、あちらの仲間はみな警戒しているでしょう」

「気づきませんか。さきほどあげた例は、みな女たちです」

成二郎は、女ならわりと楽に対処できるのではないか、というのだ。

「そうですかねぇ」

「みながみな、喜多さんのような強さはありませんよ」

「なるほど、そうかもしれません」

苦笑しながら右門は答えた。たしかに喜多は強い。我が許嫁ながら、ときどき感心するときがある。だからこそ、兄の左門も、あんなふうに楽しんで相手になることができるのであろう。

「ですから、赤糸組の弱点を探ってみます」

「駒吉に探させるのですか」

「いまのやつは、だめでしょう」

自分がみずから探索します、と成二郎は胸を張った。

「赤白の色の違いはあれど、横山町に住んでいる者たちからも、白糸のやつらの乱暴をなんとかしてくれ、という声が出はじめていますからね。深川を縄張りにしている同心や御用聞きから、どんな弱点があるか、聞きだします」

「それはいい考えですね」

「じゃ、さっそく」

成二郎は立ちあがり、

「しかし、駒吉が女に惚れるとはねぇ」

薄笑いを見せながら、成二郎は大きな身体を揺らして戻っていった。

私も少し、情報を集めてみますか……。

そう心でつぶやくと、右門は兄に見つからぬように屋敷を抜けだし、深川方面へと向かっていく。


二日前のことだった。

赤糸組に、着流しで総髪《そうはつ》姿のおかしな男が飛びこんできた。

仲間たちはその話題で持ちきりで、男のおかしな言動に笑い続けていた。

「話がしたい」

突然、押しこんできた男の手首には、白糸はなかった。とりあえず白糸組の仲間ではないだろう、と判断したのだが、

「ひとりで来るとはいい度胸だが、なんの話だ」

赤糸組頭目《とうもく》の島蔵《しまぞう》が、にやにやしながら聞いた。

「喧嘩をやめるように伝えにきた」

「喧嘩をやめろだと、てめぇ、誰に頼まれたんだ」

「私の弟子だ」

「弟子……剣術の先生か。そうは見えねぇな」

総髪姿は一見、剣術家に見えないこともないが、肩は細いし胸も薄い。顔も白く、およそ戦いのなかで生きている者には見えない。

「話なんざする気はねぇ」

島蔵は、男を道具小屋に放りこんでおけ、と由吉《よしきち》に命じていたのである。

捕まってひと晩が過ぎた昼前、数人の男が、おかしな訪問者……杉山正三郎の正体を確かめにやってきた。

「てめぇ、何者だ。なにしにきやがった」

「私は、横山町で手習いを教えている、正三郎というものだ。昨日も申したとおり、喧嘩をやめるよう伝えにきた」

「へぇ、それはすげえや」

「おい、野郎ども、手習いの師匠だとよ」

「あぁ、手習いか。おれも、自分と好きな女の名前くらいは書けるぜ」

「おれも、灘《なだ》の生一本《きいっぽん》、なら書けるけど、どうだい、ほかの酒の名前も書けるように教えてくれねぇか」

縄がなかったのか、帯で腕と足を縛られている正三郎は、渋い顔をしながら、

「頭が悪い輩には、なにを教えても覚えられぬであろうなぁ」

「なんだと、この野郎。舐《な》めた口ききやがると、こうだぞ」

若いにきび面の男が、石を拾ってそのまま殴ろうとした。

「やめろ」

がらりと戸が開く音がして、入ってきた男が暴行を止めた。

「あ、由吉兄貴。なんで止めるんです」

「無駄な怪我人を出したくねぇだけだ」

由吉は、にきび面の手を離して、おまえたちは出ていけ、と命じた。

「なんの目的でのこのこやってきたのか、おれがくわしく聞いておく」

わかりやした、とにきび面を筆頭にごろつき三人は、小屋から出ていった。

「あんた、手習いの師匠といったなぁ」

戸を閉めると、正三郎の前に座って、由吉が問いかける。

正三郎は、これまでの経緯を簡単に説明した。

手習いの仕事を手伝ってもらっている娘の弟が、白糸組に入った。

だが姉は、なんとか弟をまっとうな道に戻そうと、赤糸と白糸の抗争を止めた

いと願った。

そんな娘の必死な願いに感化され、自分はこの場に出向いたのだと。

話を聞いていくうちに、由吉の目が泳いでいった。

「もしかしてその顔は、お田鶴ちゃんを知ってるな。そうか、あんたが……」

「あの娘の頼みで、危険を承知でこんなところまで来たっていうのかい」

「弟思いの優しい娘なのだ。これで町同士の大喧嘩にでもなったら、怪我人はひとりやふたりじゃ済まんぞ」

「あぁ……」

「どうだ、頼むから喧嘩をやめるよう、頭目を説き伏せてくれんか」

しばし考えていた由吉は、

「努力はしてみるぜ」

いま飯と水を持ってこさせるから、辛抱してくれ、といい残し、小屋から出ていった。

正三郎は、なるほど、あの男ならお田鶴ちゃんが惚れるのもわかるやもしれぬ、とひとりごちる。

しばらくして小屋が開くと、由吉がいったように、茶漬けに漬物、飲み水を若い男が運んできた。

お田鶴は、駒吉の気持ちはありがたいと、心底から思っている。感謝もしている。

「だけど……私は、由吉さんが好き……」

由吉は、赤糸組の若い連中のまとめ役だ。

頭目は島蔵といい、自分はその次に偉いんだ、と由吉は笑ったが、お田鶴から見れば、偉い人だろうがなんだろうが、関係はない。

由吉の優しさが好き。

いつもささやくような声が好き。

大きくて、包みこむような手が好き。

いろいろあげると、きりがなくなりそうだ。

由吉と出会ったのは、鶴八と一緒に湯島《ゆしま》の梅を見にいったときだった。

梅を見て、屋台の食べ物を楽しんだ姉弟は、夕方になって帰途についた。

「姉ちゃんも、男坂を歩こうよ」

鶴八が悪戯っぽい顔をする。

男坂は女坂にくらべ、急な階段だ。

べつに怖いわけではないが、下を見ると階段の高さが感じられ、少し不安になってしまう。

「怖いんだろう」

「そんなことないよ」

お田鶴は意地を張った。

階段のまわりには、玩具売りの出店が並んでいる。店の人がこちらを見ているわけではないだろうが、なんとなく笑われているような気になってしまった。

「男坂でくだりましょう」

とん、とん、とわざと足音を立てて、階段をおりていった。

「危ねぇ」

いきなり、後ろから鶴八が叫んだ。

あっという間に、お田鶴は階段を踏み外し、転げ落ちそうになっていた。

「おっと……」

そのとき屋台の若い男が、階段に躍り出て、すっとお田鶴の身体を包んでくれたのである。

「あ……」

恥ずかしさに、顔が真っ赤になる。

「大丈夫かい」

耳元で、ささやき声が聞こえてきた。

醤油だろうか味噌だろうか、なにか食べ物の匂いがした。

赤い鉢巻が似合っていた。

「あ、はい……すみません」

「ゆっくりおりなよ」

「はい……ありがとうございます」

大きな手だった。その手が、お田鶴の腰を支えてくれていたのである。

「おっと、変な気はねぇから心配いらねぇよ」

「いえ、本当に助かりました」

あぁ、と若い男は屋台に戻ろうとする。

「あの……」

お田鶴は、声をかけた。

若い男は振り向いて、なんだい、という顔をする。

「お名前を……」

「あぁ、由吉っていう。まぁ、忘れてもいいぜ」

由吉は、店に戻っていった。

「粋な男だなぁ」

鶴八は、まるで自分が助けられたような顔で、憧れの目を向けていた。

それが、由吉との出会いだった。

翌日、鶴八が朝から出かけていると思ったら、一刻ほどして戻ってくると、

「姉ちゃん、わかったぜ」

「なにがわかったの」

「由吉さんの住まいだ」

「まぁ、あんた、探しにいっていたの」

また湯島に行ってみたという。

だが、由吉の姿はなかった。そこで、となりで焼き煎餅を売っている女に、由吉について訊いてみたのだという。

「深川で香具師《やし》をやっている人の手伝いで、来ていたそうだよ」

「まぁ、じゃぁ昨日、湯島にいたのは、たまたまだっていうこと」

「あぁ、そうなんだ。そこでおれは、探しにいってきた」

「深川まで行ったの」

「由吉さんは、深川の赤糸組の人だった」

「赤糸組といえば、乱暴な人の集まりじゃないの」

「……おれも赤糸に入りてぇ」

「馬鹿なことをいうんじゃないよ」

すっかり鶴八は、由吉贔屓になってしまったらしい。

だが、深川とはかかわりのない鶴八を、赤糸組が受け入れるはずもなかった。

そこで鶴八は、横川町の白糸組に入ろうとしたのである。

そんなことはさせられないと思っていたところに、鶴八が、赤糸組の者たちから乱暴を受けてしまった。

さらに、赤と白の喧嘩がはじまろうとしている。

「なんとかやめさせないといけない……」

そのためには、由吉に早く会って、喧嘩を止めてもらおう……。

五

お田鶴は、駒吉と別れた足で富岡八幡《とみおかはちまん》、二の鳥居、一の鳥居と駆け抜け、富岡八幡の参道に着いた。

鳥居を中心にした参道には、道の左右に、むしろを敷いた簡素な出店が並んでいる。

お田鶴は永代寺《えいたいじ》の門前あたりから、八幡の参道をのぞんでみた。

由吉らしき姿はないか、と探りを入れたとき、

「あ……由吉さん」

赤鉢巻に赤襷姿《あかだすきすがた》の由吉が見えた。

むしろの上に、簪などの飾り物が置かれてあるようであった。出会ったときのように、深川の香具師を手伝っているのだろうか。

すぐに飛んでいきたい気持ちをおさえる。

自分は、この辺では招かれざる客だ。

……由吉さん、こっちを見て。

祈りが伝わったのか、それまで下を向いていた由吉が顔をあげ、周囲を見まわしている。客がいないか、確かめているのかもしれない。

……もう少し、こっち。

こっちよ、こっち、由吉さん、と心で叫んでいると、

「あ……」

由吉の視線が止まった。驚くような顔をした由吉は突然、立ちあがると、となりにいる若い男になにやら話しかけ、参道から鳥居を抜けだしてきた。

すぐに駆け寄りたかったが、

こっちには来るな。

由吉の目が、そう叫んでいる。

指先を永代橋のほうに向けているのは、そちらに歩いてこいという合図だろう。

夢中で、蛤町《はまぐりちょう》方面へと進んだ。

このあたりは、掘割が縦横無尽《じゅうおうむじん》に走っている。

そんななか、お田鶴は後ろを確認しながら、大川へと向かう。

歩き続けていると、川沿いの相川町《あいかわちょう》に出た。そのまま行くと川に落ちてしまう。

右か左かと振り返ると、由吉の姿は消えていた。

「え……いない……どこへ行ったの」

お田鶴は、あわてふためいた。

騙《だま》されたのだろうか、と足が震えだす。

荒い息をしながら、途方に暮れていると、

「こっちだ」

聞き覚えのある、低い由吉の声が聞こえてきた。

あっと思ってきょろきょろすると、御船手組《おふなてぐみ》の屋敷のほうから、由吉はまわりこんだらしい。

「こっちだ」

手を取られた。

連れていかれたのは、正源寺《しょうげんじ》という寺の境内らしい。

足が止まると、お田鶴は由吉に抱きつこうとした。

「どうして、こんなところへ来たんだ」

「正三郎さんを助けたくて。それと、弟が……」

「弟……とは」

由吉を探して深川に弟の鶴八が足を踏み入れ、赤糸の連中に捕まり、怪我をさ

せられた、と伝えると、

「なんだって……白糸の若い野郎が来たから追い返した、という話は聞いていたけど」

それがお田鶴の弟だったのか、と由吉は衝撃を受けている。

「それと、正三郎さんが捕まっているはずです」

「あぁ、あの手習いの師匠とかいう男か。粋がって乗りこんできたが、いきなり島蔵は捕らえてしまった。話なんぞ、はなから聞くつもりはないのさ」

「由吉さん、正三郎さんを助けてください。それと……」

鶴八の仇といって、白糸のみんなが喧嘩の用意をしている、と伝える。

「その話は耳に入っていたが……」

由吉はため息をつきながら、

「赤糸組は、喧嘩や騙りのために作ったわけじゃなかったんだがな」

本来は孤児たちを集め、手を取りあえるような集団を目指したんだ、と由吉はいう。

「それが、いつの間にか、おかしな集団になってしまった」

「白糸のみんなと、仲良くできませんか」

「……難しい話だ」

「お願いします。正三郎さんを返してほしい。それと喧嘩はやめて」

しばらく思案していた由吉は、わかった、と唇を噛みしめる。

「戻って、みんなと話をしてみよう」

「お願いします」

赤糸にかかわりのない娘と、こんなふうに会っているところを見られたら、自分も制裁を受けてしまう、と由吉はいう。そんなことになったら、お田鶴としても本意ではない。

「すぐ、横山町に戻るんだ。正三郎と喧嘩については、なんとかおさめるようにするから」

「はい。でも由吉さんがおかしなことになりませんか」

組の方針に抗うことになるのだ。

「心配はいらねぇよ」

大きな手が、お田鶴の肩に置かれた。

ふたりがそんな会話を交わしているころ、駒吉は深川八幡にいた。赤糸の探りに来ている途中で、お田鶴の姿を見つけたのである。

どうしたのか、と声をかけようとしたら、誰かを探している様子だった。赤糸の男を探しているのか、と寂しい気持ちになったが、

「そんなことをいってる場合じゃねぇ」

近づこうとしたときに、お田鶴が小走りになった。

後ろから、若い男が同じ方向へ駆けていく姿が見えた。お田鶴がときどき振り返って、男の姿を確認している様子だった。

「あいつか……お田鶴ちゃんが惚れた男か」

由吉という名をお田鶴が呼んでいる声を聞いて、はじめて名を知った。

「たしかに、姿のいい野郎だ」

自分では太刀打ちできないかもしれねぇ、と自虐《じぎゃく》の笑いを見せるしかない。

正源寺の境内はせまく、人の流れもなかった。

そのおかげで、ふたりが隠れた会話をしていても、なんとなく聞こえてきたのである。

盗み聞きをする気はなかったのだが、

「聞いておいてよかったかもしれねぇ」

と気持ちを整理する。

お田鶴が惚れた男をはじめて見た嫉妬による心の高ぶりと、十手をあずかる身として組の喧嘩を止めなければならない、という責任感で、駒吉の心は乱れていた。

ふたりは、自分たちの会話に気をとられていたのだろう。まわりに目を向けなかった。おかげで駒吉は、会話をほぼ聞きとることができた。

「あの男が喧嘩を止めることができるわけがねぇ」

赤糸組については、噂だけではなく、御用聞きの仲間内でもその無法ぶりが話題にあがることがあった。ただ、駒吉にしてみれば、縄張り違いの話をあまり気にとめていなかったのである。

ところが、お田鶴の弟が赤糸組と敵対する白糸組の一員になったことで、首を突っこまなければならなくなったというわけだ。

「まったく、鶴八め」

鶴八がよけいな行動を起こさなければ、こんな面倒は起きなかっただろう。

しかし、もう遅い。

「由吉という野郎は、自分の手で喧嘩をおさめるつもりらしいが、無理だ」

さきほど聞きこんできた自身番でも、やつらは喧嘩用に刃物を集めているという話だった。

そこまで高まっている気持ちをおさえるのは難しい。

まずは、正三郎を助けなければいけない……。

押しこめられているのは、木場の道具小屋だ。これも、自身番への聞きこみで、それらしき男が押しこめられているらしい、と聞いていた。

「よし、おれが助ける」

正源寺から離れて、深川八幡から木場に行こうとしたとき、袂が引っ張られた。

なんだ、と思って足を止めると、見知った顔である。

「あれ……右門さん、ですよね」

双子の兄弟は、どっちなのかわからない。

「右門ですよ」

「どうして……ここへ」

「正三郎さんを助けたいのでしょう」

「それで、こちらへ」

「どうやら駒吉さんは、正三郎さんの居場所をつかんだようですね」

自身番に聞きこみをして判明した、と駒吉は答える。

「自身番で知ることができるということは、赤糸の連中はこのあたりで、相当な悪さをしているようですねぇ」

「最初は、そうではなかったらしいですけどね」

人が増えると質が落ちる、と駒吉はいった。

「そうかもしれません。で、駒吉さんはこれからどうするつもりです」

「木場のそばに、小屋があります。そこに正三郎さんが押しこめられているようなんです」

「では、まずは正三郎さんを助けるところから、はじめましょうか」

成二郎は、敵の大将の弱点をつこうと画策をしているはずだが、いまはそれを待っているひまはない。まずは目の前の問題から解決していこうと、右門はここまで出張ってきたのだった。

赤糸組の情報を探ろうと深川に来たのは、正解だったらしい。

「そこに見張りはいるんでしょうか」

「助けにくるとは、予測してねぇんじゃありませんかね」

「だとしたら、せいぜい、いてもひとりかふたりですね」

「それくらいなら、あっしでもやっつけることができます」

「おう、頼もしい」

右門の言葉に、駒吉は照れ笑いをする。

「師範代にそんなことをいわれたら、困ってしまいますよ」

とにかくその小屋に行こうと、右門は歩きだした。

深川八幡の前を通ると、参拝客が鳥居をくぐり、大勢の人が流れている。

「お参りはしますかい」

戯れに駒吉は、右門に聞いてみた。

「すべてが終わってからでいいのではありませんか」

そうですね、と駒吉はうなずき、しみじみといった。

「まぁ、信心しても、好きな女には気持ちが通じねぇからなぁ」

六

深川八幡から三十三間堂《さんじゅうさんげんどう》を過ぎ、浄心寺《じょうしんじ》を抜けて木場に入った。

ぷん、と水に浸かった丸太の匂いが漂っている。

「こんなところに小屋があるんですかねぇ」

大きな声を出した駒吉に、右門はしっと唇に指をあてる。

「あ……いけねぇ」

口元をおさえながら、駒吉は腰をかがめる。

「あれが、そうではありませんか」

右門が指さした先に、掘っ建て小屋があった。

小屋の前に、小さな碇《いかり》が置かれてある。

「あの碇が教えてくれますね」

「なにをです」

「あれが、戸を簡単に開けないようにしてあるんですよ」

「なるほど、考えたな。でも、それでこちらにばれてるのですから、あまりいい案ともいえませんよ」

「なるほど、たしかにそうですね。赤糸組は、みな町人ですか」

「へぇ、そうです。侍は入れねぇという話を聞きました」

喧嘩は年中しているから、腕っぷしだけは強いかもしれない、と駒吉は答える。

「喧嘩ばかりして楽しいのでしょうか」

「若い連中は、そんなところで発散しているのかもしれませんや」

「そうですか。南條道場に来て木刀を振れば、心のむしゃくしゃも発散できるでしょうに」

「己の心身のために道場に通うなど、世の中、そんなまっとうな人間ばかりじゃないんですよ」

駒吉と右門は視線を合わせ、苦笑を浮かべると、小屋の五間ほど近くまで進み出た。

と、怒鳴り声が聞こえてきて、ふたりは思わず足を止める。

見つかってしまったか。だが、人が出てくる気配はない。

「いまの声は、どこからですかね」

駒吉がきょろきょろするが、見つかった様子もなかった。

「あの小屋からではありませんね」

また、怒鳴り声が流れてきた。

「あっちだ」

駒吉が指さした。

木場と隣接したところに、飯場のような平屋があった。

「赤糸のやつらのねぐらは、あそこではねぇですかね」

周囲を見まわしながら、駒吉はいった。

「そうかもしれません」

「声もあっちから聞こえました」

それだけではない、どすん、ばたん、という音も聞こえてくる。なにかが衝突するような音も加わった。そのたびに、

「馬鹿野郎」

「ふざけるな」

などの怒声も混じるのだ。

右門と駒吉は目を合わせる。

「なんでしょう」

「誰かが乱暴されているようですね」

「殴られたり、蹴飛ばされたりされてる音ですぜ、あれは」

なにが起きているのかわからないが、とにかく赤糸の仲間内で異変が起きていることは明白だった。

「いまのうちに、正三郎さんを助けましょう」

右門は、小屋に駆け寄った。

すぐに駒吉も続いて、ふたりがかりで大きな碇を動かした。

片引きになった戸を叩くと、なかから男の声が聞こえてくる。

「名前を」

なかの男が正三郎かどうかを確かめる。

声は、横山町の正三郎だと名乗った。

「お田鶴ちゃんに頼まれて、助けにきました」

駒吉が引き戸を移動させ、なかに飛びこんだ。

「師匠」

「……駒吉ではないか」

「元気でよかった」

「お田鶴ちゃんから聞いたのか」

「そんな話はあとで。まずは逃げましょう」

「いや、なかで大変なことが起きている」

「なんです」

「おそらく、由吉という男が、みなから処刑されているに違いない」

「処刑とは恐ろしい」

「島蔵ならやりかねぬ、早く助けねば」

肩や腰を撫でまわしながら、正三郎は駆けだそうとする。

「師匠、あんたはここから逃げてください。あとはあっしたちがやりますから」

ようやく右門に気がついたのか、正三郎は怪訝な顔をしたが、

「どちらさまかわからぬが、助かりました」

「いえいえ、正三郎さんは、いいお弟子さんをお持ちですね」

照れ笑いをしながらも、駒吉に目を向け嬉しそうにすると、

「では、助けを呼んできましょうか」

「いえ、私たちだけで問題ありませんから」

「師匠、このおかたは南條道場の師範代ですから、強いんですよ」

「なるほど、それなら安心ですね」

駒吉は、早くお田鶴ちゃんに会って安心させてやってくれ、と正三郎の背中を押した。

怒声と暴行の音を聞きながら、駒吉は建物を一周してきた。

「裏口がありました」

「そこから、なかに入れそうですか」

会話を交わしている間にも、棒切れでも使っているのか、どん、どん、という不気味な音が聞こえてくる。

「早く助けねぇと死んでしまいそうだ」

正三郎がいうとおり、由吉が乱暴を受けているのだとしたら、お田鶴のためにも助けてやりたい、と思う。

駒吉にしてみれば、由吉は恋敵である。

それでもお田鶴が喜ぶなら、なんでもやると決めているのだ。

駒吉は右門と一緒に、裏にまわった。

戸口に隙間があり、調理場が見えている。そこには誰もいない。

「入りますか」

右門はうなずき、静かに戸を引いた。

少し、がたびし音が立ったが、それでも心張り棒などがかかっている様子はない。

ゆっくり引くと、身体が通り抜けられる程度の隙間ができた。

なかの様子をうかがいながら、ふたりは身体をもぐりこませた。

「馬鹿野郎」

ふたたび、奥から大きな声が聞こえてきた。

同時に、ばちん、という破裂音も聞こえる。

「あれは頬を思いきり殴られた音です」

駒吉が顔をしかめる。

「やつらは、処刑で気をとられているはずです」

右門がそろそろと、音が聴こえてくるほうへと前進する。駒吉も、しゃがんだまま進んだ。

「てめぇ、どっちの味方だ」

小太りの男が、柱に縛りつけている男に唾を吐きかけながら、手に持つ棍棒《こんぼう》を振りまわしている。

そのまわりを、数人が取り囲んでいた。羽目板を持っている者や、なかには抜き身の長ドスをさげている者もいる。

由吉を取り囲んでいるのは、四人だった。

「あの者たちは……」

右門がつぶやくと、

「赤糸の五人組という危ねぇ連中がいると聞きましたから、あいつらかもしれません。本来は、由吉を入れて五人ということなんでしょう」

「この建物には、ほかに人がいる様子はありませんね」

「では、あの四人の手下と頭目の島蔵が、戦う相手ということですかい」

「そうですね」

ふたりと五人か、と駒吉はささやいた。

「心配はいりません。不意をつけば、五人などたやすいものです」

「ですが、不意をつけなければ……」

「そうですね、島蔵だけを倒し、あとは逃げるだけです」

「でも、由吉さんは……」

見るからに弱っている。とても自力で逃げることはできないだろう。

「その場合、駒吉さんが背負って逃げてください」

一瞬、嫌そうな顔をした駒吉だったが、

「わかりやした。天狗になったつもりで逃げます」

「その気持ちは、しっかりとお田鶴ちゃんに伝わりますよ」

「……そうならいいんですけどねぇ」

がつん、とまたなにかが壊れるような音が響いた。

島蔵と思える男が、由吉の頭を棍棒で殴り飛ばしたのだった。

由吉の頭から、血が流れ落ちる。

すでに額は割れ、血が流れ出ていて、片目も潰れているようだ。

右手がだらりと垂れさがって見えるのは、骨が折れているのかもしれない。

島蔵は、そんな由吉の身体を蹴飛ばしながら、

「てめぇ、白糸の女と乳繰りあっていやがったそうじゃねぇか」

「……ただ会っていただけだ」

「ふん、掟を破っておいて、そのうえ今度は、やつらと手打ちをしろだと」

「喧嘩はやめようといっただけだ」

「それがふざけてるってんだよ」

「……無駄な怪我人が出るだけだ」

「やかましい」

島蔵は、由吉のまわりをうろうろしながら、また棍棒を叩きつけた。ぐびり、というおかしな音が聞こえる。

「ひでぇことをしやがる」

駒吉は、いまにも飛びだしそうにするが、

「いまは、まずい。やつらの興奮がもう少し落ち着いてからにしましょう」

「黙って見ているんですかい」

「いや、そうではない」

右門は口に手をあてて、島蔵たちがいるところと反対の方向に向けて叫んだ。

「白糸のやつらが来たぞ」

声は反響して、どこから流れてきたのか曖昧になった。

叫び声を聞いた島蔵は、きょろきょろしながら、

「誰だ、いま叫んだのは」

「……おれたち以外はいねぇはずだ」

仲間のひとりが答える。

怪訝な表情をしながら島蔵は、見てこい、と手下に命じた。

ひとりが行こうとすると、ふたりで行け、と声をかける。

「思ったより、慎重な男ですね」

ならず者集団の頭目ともなれば、そのくらいの思慮はあるのかもしれない。

七

島蔵に命じられたふたりが離れていく。

「これで三人です」

いうが早いか、右門はあっという間に島蔵の前に出ていった。

「あ、抜け駆けされた」

遅れた駒吉は、あわてて右門を追いかける。

「な、なんだ、てめぇたちは」

島蔵は棍棒を振りあげながら叫んだ。

仲間のふたりが、驚きながらも右門に飛びかかってくる。

「あんたたちは、おとなしくしてもらいましょう」

のんびりとした声音で、右門がかかってきたふたりの間に飛びこみ、どん、どん、と鐺を突きだす。

ひとりは鳩尾《みぞおち》を打たれ、ひとりは顎の先を突かれて、ぐうといいながらその場に倒れた。鳩尾も顎の先も、急所なのだ。

「さすが師範代」

あっという間の手際のよさに、駒吉は目を見張りながら、

「やい、島蔵だな」

「てめぇ、誰だい」

「誰だっていいんだ。なんだ、このありさまは」

「なんだと」

由吉が、潰れた目を駒吉に向けている。誰が来たのかと不思議そうな目つきだった。

「……あんたは、白糸の人とは違うようだ」

息も絶え絶えに、由吉がつぶやいた。

「白糸じゃぁねぇが、まぁ、近いとは答えておくぜ」

すると、島蔵が怪訝な声を出す。

「てめぇ、横山町の仲間か」

「まぁ、それも似たような者だといっておく」

「舐めやがって」

棍棒を持ちあげようとしたとき、さっき離れていったふたりが戻ってくる足音

が聞こえた。

右門は、さっと身体を部屋の入り口に移動させると、待ち伏せをする。

島蔵が、なにかを叫ぼうとした。

ふたりに警告を与えようとしたのだろうが、右門の動きが一瞬速かった。

先に姿を見せた男の袂を引っつかんで、引きずりおろす。その瞬間、右門の右手が鳩尾を打っていた。

あとから来た男が、倒れこんでいる男を抱えようと手を伸ばした。

「おっと、そうはいきません」

右門の小さな声とともに、手刀が首根っこに落ちた。

ふたりは、ぐぅともいわずに、倒れこんでしまった。

「くそ……てめぇ、何者なんだ」

あまりにもあざやかな手並みに、島蔵は驚きを隠しきれない。

「おい、いい腕だな。こっちにつかねぇかい」

「お断りしますよ」

「どうだい、ここを引いてくれたら、十両だ」

「いりませんね」

「二十両じゃどうだ」

「百両だろうが、千両、万両でもいりません」

舌打ちをした島蔵は、倒れこんで目も開こうとしない仲間たちを見てから、

「てめぇたち、白糸の連中じゃなさそうだが」

「どこの誰かは関係ねぇんだ。こんな集団で暴行をするような非道な輩を、放ってはおけねぇんだよ」

「おんや、てめぇ、どこかで見たことがあるぜ。そうか、十手持ちかい」

「それならどうした」

「このまま帰すわけにはいかねぇってことよ」

島蔵は棍棒を持ち直して、駒吉のほうへと向かってくる。

「やるか」

駒吉が構えようとしたとき、

「あ、この野郎」

なんと島蔵は、入り口に向かって駆けだしたのだ。

先まわりをしようとした右門が、倒れていた手下のひとりに足首をつかまれる。

その手を片方の足で踏みつけ、

「すみませんね、こんなときですから痛いのは我慢してくださいよ」

「旦那、こんなときにそんな優しいことを」

「性分ですから、はい」

敵の手は外れたが、その間に、島蔵の姿は消えていた。

「しまった。逃げられたか」

外に飛びだすと、木場の臭気に包まれた広場に、島蔵の後ろ姿が見えた。

あの野郎、と駒吉が地団駄《じだんだ》を踏みそうになったときである。

かかか、と高笑いが聞こえてきたのである。

「え……」

「まさか」

右門と駒吉の目が丸くなった。

「師匠、どうしてここへ」

がははは、と笑っているのは、南條夕剣であった。後ろに駕籠《かご》が二丁止まっている。一丁は空だが、もう一丁からおりてきたのは、正三郎であった。

「門弟に危機が迫っていると聞いてなぁ、飛んできた、いや、駕籠を飛ばしてきたぞ」

「正三郎さんから聞いたんですね」

夕剣は、島蔵の逃げ道を塞ぐような場所に立っている。おかげで、島蔵は動けなくなったようだ。

島蔵は夕剣にまかせておけばいいだろう、と右門はもとの部屋へと戻っていった。由吉の具合を心配しいているに違いない。こんなところでも優しい人だな、と駒吉は思った。

と、残った夕剣と駒吉に向かって、島蔵が叫んだ。

「やい、てめえたち。おれがなにをしたってんだ」

「本気で聞いているのか」

駒吉が呆れ顔をする。

夕剣は、よくわからんが、どうせろくなことはしておらぬであろう、と答える。

「ふざけるねぇ」

「なにをしたのかわからねぇなら、吟味与力の徳俵成二郎さんが、しっかりとお調べになるから、そのときに気がつけばよろしい」

鼻を鳴らしながら聞いていた島蔵は、ぺっと唾を吐きだす。

「おっと、おぬし、汚いなぁ。口から出るものは、すべておまえの心のなかから出てくるのだ。つまり、おまえの心は汚い唾と同じだということになる」

夕剣が真面目な顔をして語ると、

「じゃぁ、てめえは、他人を馬鹿にしていいのかい」

「馬鹿にしたことはないぞ。私の言葉は真理である」

「冗談じゃねぇぜ」

「よいか、言葉は山彦、行動は倍返しなのだ」

夕剣がしゃべっている途中から、島蔵は叫んだ。

「てめぇの世迷い言を聞いてるひまはねぇんだよ」

島蔵は棍棒を振りあげ、この野郎、と数歩前に出てから、

「あばよ。てめぇなんかと付き合う気はねぇ」

打ちかかると思わせて、背中を見せた。さきほどと同じ、まやかしの手だ。

あわてて駒吉が追いかけようとすると、突然、風が通りすぎた。

いや、風ではない。

夕剣が、すぅっと駒吉の横を通りすぎ、あっという間に島蔵の前に立っていたのである。そのすばやさに、駒吉だけではなく、島蔵も唖然としている。

「おめぇ、さっきまであっちにいたんじゃねぇのかい」

「なに、行動は倍返しなのだ」

「わけがわからん」

「よきことも悪しきことも、倍になって自分に戻ってくるという意味だ」

思い知れ、と夕剣は腰から鉄扇《てっせん》を抜き、島蔵のこめかみを横に薙《な》ぎ払った。

島蔵は声もなく音もなく、その場に倒れた。

早まった行動をとってしまいすまなかった、と正三郎が駒吉に頭をさげる。

「いえいえ、お田鶴ちゃんの泣き顔を見たら、誰でもなにかせずにはいられませんからねぇ」

師匠は悪くねぇ、と駒吉は恐縮している正三郎を慰める。

「こんな師匠に習う子どもたちは、可哀相かもしれんなぁ」

小さくなっている正三郎に向けて、夕剣がひとこと加えた。

「手習いの師匠は、子どもたちが手本とする人だ。こうやって、無謀《むぼう》な行動をとったのも、自分が大事にしている弟子のため。その気持ちはみなに伝わるはず。もっと胸を張ってよいのだ」

「夕剣さん、ありがとうございます」

「なに、よいよい」

「計画もなく乗りこんで、かえってみんなに迷惑をおかけしてしまい、おおいに反省しております」

「反省と書いて、成長とも読むぞ」

「ははぁ……」

すべてが終わったのを見届けて、右門が由吉を抱えて外に出てきた。どうやら由吉は意識を失ってしまったらしい。幸いにも、頭の出血は止まったようだ。

駒吉は、正三郎が監禁されていた道具小屋からむしろを引っ張りだし、その上に気を失っている由吉を寝かせた。

すると、

「親分さん……」

駒吉が気がつかずにいると、夕剣が、おい、親分呼んでるぞ、と鉄扇で肩をぽんと叩いた。

「へぇ、あ……由吉さん、目が覚めたのかい」

「……お田鶴ちゃんから、親分についてはいろいろお聞きしておりました」

「………」

「優しくて思いやりがあって、本当にいい人だと」

「……そうでもねぇぜ」

「今回は、おかしなことになって申しわけねぇ」

「なに、いいってことよ。島蔵が捕まったら、深川と横山町の間での大立ちまわりも起きねぇだろう」

へぇ、と由吉は片目を見開きながら、

「なんとか、喧嘩をやめさせようと島蔵に頼んでみたのですが」

「しごかれるのはわかっていたんでしょう」

「なんとかなると思っていましたが、甘かったようですね……」

すると、正三郎が由吉の前に出て、しゃがんだ。

「由吉さん、あんたがいたから、気持ちが萎えずに済んだ。ありがとう」

「いや、礼をいわれるほどのことはしてませんや」

「私は無謀だったが、あんたも危険を承知で、私をかばってくれた。だからここに、怪我もなくこうやっていれるんですよ」

「怪我人を出したくなかったんです」

「あんたが来なければ、私はいまごろ瀕死状態だったかもしれぬからな。命の恩

「そんなことをいわれたら、かえって申しわけねぇ」

由吉の片目から、涙があふれている。

よし戻ろう、と夕剣がその場を締めた。

由吉は右門のはからいで、医師順庵のところに連れていった。

幸いにも、目はまぶたが切れていただけで、傷は残るかもしれないが、見えなくなる心配はいらない、という話であった。

折れた骨もいずれはくっつくから、問題はない、という。

その言葉を聞いて、お田鶴は喜んだ。

そして、五日が経った。

お田鶴は、熱心に由吉の看病を続けている。

島蔵を捕縛した手柄で、駒吉は成二郎から、駄賃《だちん》をもらうことができたと喜んでいる。

しかし、成二郎はあまり嬉しそうではない。理由を聞くと、右門と一緒に正三郎を助ける算段をしたのだが、それを右門が反故にした、とぼやいているのである。

どんな策を練ったのか、と聞いても、いいたくねぇ、と成二郎は不機嫌に答えるだけで、駒吉は笑うしかない。

「そんなことより、駒吉。その後、お田鶴ちゃんを見舞ったのかい」

「由吉さんにつきっきりだから、会ってねぇ」

そうか、と成二郎はそれ以上は突っこもうとはしなかった。

駒吉の気持ちを慮っているのだろう。

その気持ちを感じた駒吉は、一度、お田鶴に会ってくるか、と順庵のところへ向かった。

お田鶴は、由吉が寝ている部屋に泊まりこんでいるらしい。由吉の着替えや洗濯なども、甲斐甲斐しく世話をしているようだ。

順庵は駒吉の顔を見て、安心していいぞ、と嬉しそうにいった。順庵は、駒吉とお田鶴の関係は知らぬのだ。病人の回復も、若い男女の仲睦まじい姿も、すべて好ましいものなのだろう。

もちろん、駒吉とて由吉の回復が嬉しくないはずもなかった。

それはよかった、と笑みを見せてから、駒吉は由吉が寝ている部屋に入っていった。

お田鶴は駒吉の顔を見ると、身体を起こそうとする。どうやら看病の合間に、由吉の横で眠っていたらしい。

「あぁ、いいから。そのまま、そのまま」

「駒吉さん……ごめんなさい、きちんとお礼もいわないままで……」

「いや、気にしなくてもいいんだ」

「でも、すみません。由吉さんのことが気になっていて、なにも……」

お田鶴は由吉の看病に気をとられていて。駒吉への礼儀を欠いてしまった、と泣きだした。

「お田鶴ちゃん、その言葉だけで十分だぜ」

「でも、私……」

「いいんだ、本当に気にしなくても、いいんだよ」

「駒吉さん」

「なんだい」

「本当にごめんなさい。私、ひどいことしているよね」

「そんなことねぇよ。お田鶴ちゃんが喜んでくれたら、おれはそれでいいんだから」

「ごめんね、そして由吉さんを助けてくれて、ありがとう。弟もすっかりと目が覚めたみたいだし」

「それはよかった」

赤糸組が解散させられたと知った白糸組も、解散の雰囲気に包まれている。

鶴八も、とんでもない怪我を負った由吉の姿を見て、自分の間違いを認めたようである。

それもこれもすべては、駒吉のおかげだ、とお田鶴はあらためて頭をさげた。

そこで、眠っていた由吉が目を覚ました。

「あ……親分さん……」

身体を起こそうとする由吉を、お田鶴が、そっと抱きとめる。

その仕草を見たところで、駒吉は立ちあがった。

由吉は薬が効いているのか、お田鶴の顔を見て安心したのか、また眠りについた。

立ちあがった駒吉に、お田鶴はもう一度、ていねいに頭をさげた。

「由吉さんが起きたら、早く元気になるよう、よろしく伝えてくれ」

いい残して、ふたりから離れた。

外に出ると、真っ青な空が駒吉を迎える。

夏の風もさわやかだった。

「これでよかったんだな。あぁ、そうだ、よかったんだ」

駒吉は、誰にともなくつぶやいた。

「人助け……これが、おれの仕事でござんすよ」

風が、駒吉の背中を押した。

その風の音は、負けるな駒吉、と奮起《ふんき》させているようであった。

第四話　さらば隠密

一

江戸は夏真っ盛りにならんとしていた。

木々は青く、風にたなびく葉は夏の光を謳歌《おうか》し、武家屋敷の内庭からも蟬時雨《せみしぐれ》が響いている。

ここ、裏神保小路にある早乙女屋敷でも、蟬がうるさいほどである。

外を歩くと夏の香りがしますね、と喜多はいうが、骨を砕かれ、それが完治するまでおとなしくするようにいわれた左門は、いまだ動けずにいた。

だから、外のことなどわからん、と不機嫌に答えた。

それでも、近頃は手の動きが以前より楽になってきたと喜んでいる。

最初のころは当然だが、手が動かなかった。

それに、痛みも強く、

「いてぇいてぇ、本当に痛いんだって」

泣き言をいう左門を見ながら、右門と喜多は笑うしかなかった。

「おまえたち、私のこんな姿を見て喜んでおるな。どこぞの岡っ引きの恋路を邪魔したりして、私がこんな姿の間になにをしておるのやら」

「おや、気がついていたのですか」

「なにも知らぬとでも思っていたのか」

「思っていません」

「ならば、なにゆえ私に相談しなかったのだ」

「なにをです」

「む……だから、下駄新町《げたしんまち》の御用聞きが、なにやら女に懸想《けそう》し、あげくの果てに、最後はほかの男に取られて泣いている、という話だ」

「……ちょっと違いますけどねぇ」

笑いながら、右門が解説する。

「ふん、赤い糸だか白い糸だか知らぬが、若い女が町の乱暴者なんぞを相手にするからいかん」

あら、と目をむいた喜多が反論する。

「若い女が誰と恋をしても、悪いという法はありませんよ」

「ふぁん」

「殿方だって、どんな女の人に惚れてもいいんですからね」

「女はすぐ惚れる生き物だ」

「恋をして、どこがいけないのです」

「いけないとはいうておらん。しかし、男は、天下国家に目を向けねばならんのだ」

「おや、左門さんはそうなのですか」

「あたりまえではないか。そんなわかりきった質問をするな」

「天下国家とはなんです」

「……そんなこともわからぬから、女は馬鹿なのだ」

「これは聞き捨てなりません。馬鹿とはなんです」

「馬鹿でなければ阿呆《あほう》だ、間抜けだ、低能だ」

まことに程度の低い口論が続くなか、兄上、と右門が途中で止めた。

「む、すまぬ。骨が折れているせいで、知恵と才能が一緒くたになって渦となり、さらに泥の川のように淀《よど》んでしまったらしい。喜多、すまぬ」

本気で謝る左門を見ながら、喜多はうふふと笑みを浮かべ、

「さすが、右門さん」

「な、なんだと。謝っておるのは、私ではないか」

「そうさせたのは、右門さんです」

「……勝手にしろ」

「はい、では右門さん、羽二重団子《はぶたえだんご》でも食べにまいりましょう」

「はい」

ふたりは立ちあがる。

「なんだと、羽二重団子だと。日暮里《にっぽり》に行くのか。私にも買ってきてくれ」

日暮らしの里は、羽二重団子が名物なのである。

「骨が折れている人には、甘いものはいけません」

「誰がそんな無茶苦茶なことをいうておる、順庵か」

「私がいま決めました」

「む……もう、おまえは妹とは思わぬ」

「はい、まだ妹にはなっておりません」

ああ、と左門は天上を仰ぎながら、団子、団子、とわめき散らしている。

放っておきましょう、と喜多は右門を誘って、部屋から出ていってしまった。

まったく、右門も右門だ、と左門は思う。

なぜ、あのような生意気な言動を許しておる、とぶつぶつこぼしていると、今度は甚五が姿を見せた。

「おう、ひさびさではないか」

「へぇ、ちょっとあれこれ、やることがありまして」

「千両箱がうなる大店の間取りの図面でも、手に入れようとしていたのか」

甚五はそっと近づき、左門の耳元でささやいた。

「千代さんの件ですが」

左門は口元に指をあてて、それ以上語るな、と合図を送る。

しばらくじっとしていると、戸が開いて、右門と喜多が外に出ていく音が聞こえてきた。

「よし、いいぞ。これで万が一にも聞こえる心配はない。永山家でなにが起こっているのか、わかったのか」

「目付も動いているようですが、なに、やつらは能無しですから」

「……おまえ、私の言葉遣いが移ったな」

「はい、そうらしいです」

「目付が調べるのは、武家同士の案件だけだぞ」

「だとしたら、そのうち、やつらは手を引くでしょう」

「つまりは、武士は関係ないというのか」

「ありませんね。まぁ、敵の用心棒に浪人くらいはいるかもしれませんが」

「で、なにがわかったのだ」

数月前から江戸の町で、子どもたちの神隠しが話題になっていた。もちろん、本当に神隠しに遭ったとは誰も信じてなかったのだが、現に姿を消す子どもたちもいて、そんな噂がまことしやかに語られていたのである。

ところが近頃は、その神隠しが、子どもから若い娘に変わった。

そして、肝心の永山家の千代であるが……。

千代は下女と一緒に、天目の住まいへ出かけた。どうやら喜多に憧れ、自分も三味線を習ってみたくなったらしい。

いろいろと習い事のことを聞き、その帰りのことだった。

途中まで、下女は千代の横を歩いていたという。

そんなとき、千代が、駒下駄《こまげた》の鼻緒が切れそうだ、としゃがんだ。

どうしたらいいものかと下女が周囲を見まわしてみると、少し行った先に床店が出ていて、売り物の下駄が並んでいた。

ちょうどよかったと、すぐに下女は鼻緒を買い求め、千代のところへ戻ったのだが、

「おや……お嬢さんはどこに」

そこにいるはずの千代の姿が消えていたのである……。


そんな話を聞いていた左門は、ふん、と鼻を鳴らし、

「それにしても、おまえはどうしてそんな秘密を知っておるのだ」

訝しげに問うと、

「へへへ。まぁ、そこは盗人ですからね」

「天井に隠れていたか、軒下に潜りこんで聞き耳を立てていたな」

「そのあたりはご想像におまかせいたしやす」

甚五はにやりとする。

「ようするに永山家の娘、千代はかどわかしに遭っていたということか」

甚五は眉をひそめて、

「武家の体面のせいか、この一件は内密にしているようです。奉行所内でもほとんどの者が知らないでしょう。ですが、ようやく探りあてました。どうです、江戸の……いや、日の本の娘を神隠しから救うという大仕事に、興味はありませんかい」

「まぁ、みながそれを望んでいるなら、腰をあげてもよいぞ」

「千代さんだけではありません。町民の娘も被害に遭っていますし、永山家のように、表沙汰にはしていない武家の娘のかどわかしもあるでしょう」

「ふうむ、放ってはおけんのぉ」

晒《さら》しに巻かれた腕を見ながら、だが、こいつがどうにもいかん、と左門はつぶやく。

「使わなければいいだけですよ」

片手で戦って、移動は駕籠を使えばいい、と甚五はいう。

「左門さんはすでに、佐賀町《さがちょう》でかどわかしの件に足を突っこんでますからね」

佐賀町には、蔵が建ち並んでいる。それぞれ川岸から荷駄《にだ》をあげるために、船着き場が設けられているのだ。

以前、左門と甚五はその船着き場のひとつから、十両包みをいくつか拾いあげていた。

もともと金子を拾ったのは、甚五の長屋に住む男だったのだが、夢のお告げなどという奇怪な噂話が加わり、あげくの果てには、金子を拾った大工が教祖になりかけ、そこから思わぬ悪党をあぶりだしたのであった。

「本当の悪党は、まだ裏にいるはずです。そいつをあぶりださねぇと、江戸の女が外国に売られてしまいます」

「そんな大きな話になっているのか」

「盗人仲間では、その話でもちきりです」

よし、と左門は立ちあがる。

骨が治るまで、まともに外に出ることもできん。ひまでひまで、退屈の虫が頭のなかで泣いておる。

このところ左門は、そんな愚痴ばかりを吐いていた。

「左門さんの退屈の虫も、これでだいぶおとなしくなるでしょうね」

甚五がにやりと笑う。

「弟や喜多にばれたら、相当に叱られるであろうなぁ。まぁ、よいか。そのときはそのときだ」

かかか、と笑った左門の横で、駕籠を拾ってきます、と甚五は間髪いれずに部屋を出ていった。

佐賀町に着くと、さっそく金子を拾った船着き場に向かおうとする。しかし、

「おい……私は記憶が飛ぶ病になったらしい。金を拾った場所がわからなくなってしまった」

永代橋のあたりで並んだ蔵を見まわしながら、左門が呻いた。

「いえ、記憶は正常だと思いますぜ……どうやら、あの船着き場は撤去されたようです」

「なんだ、そうなのか。それなら記憶飛びとは関係ないのだな」

すたすたと進む甚五のあとを、左門はきょろきょろとしながらついていく。

通りに並ぶ蔵をいくつか過ぎたあたりで、甚五は足を止めた。

「ここです」

指で示されたところには、たしかに船着き場がない。

以前は、通りからすぐのところに船着き場があり、川岸までおりることができ

たのだが、いまは目の前に川の流れがあるだけである。

なおも左門はうろつきながら、

「そういわれてみれば、なんとなくここのような気がしてきた」

「ここなのは、たしかです」

自信ありそうに、甚五はうなずいた。

「よし、ならば甚五、潜れ」

「は……」

「潜って、十両包みがないか探すんだ」

「いまですか」

「明日では遅い。明後日ではもっと遅い。そのあとなら、さらにもっと遅い」

わかりましたよ、と甚五は下帯だけになって川におりていくと、泡を浮かべながら姿を消した。

しばらくしても浮いてこない。

「おいおい、こんなところで土左衛門《どざえもん》になったのでは、浄瑠璃《じょうるり》にもならんぞ」

左門が心配そうに川岸に近づこうとすると、水飛沫をあげて、甚五の顔が水面から現れた。

身体から水を滴らせ、甚五は川からあがった。

「びた一文ありませんや」

「なるほど、無駄であったか」

「ただし、こんなものが落ちていました」

下帯にくっついた水草を払い落としながら、甚五は手に持っていたものを差しだした。

「……なんだ、ただの金槌《かなづち》ではないか」

「ただの金槌かどうかは、調べてみなければわかりませんや」

そうか、とうなずいた左門は、地面に転がっていた小袖を拾って、甚五の身体にかける。

「夏が近いとはいえ、まだ寒いからな。風邪など引かれたら困る」

それはありがとさんで、と応じて、甚五は着物を羽織った。

「やつらは、この場所には用がなくなったんでしょうね」

「あぁ、船着き場を撤去したのは、ここがばれたと思ったからだろう」

「あんなに、おおげさな夢お告げ騒ぎを起こしましたからね」

「当初の狙いとは、いささか違ってしまったけどなぁ」

敵をあぶりだそうと画策したのだが、そんな姑息な手には引っかからず、別の悪事を暴く結果となった。

「それだけ、向こうも用心しているということでしょうねぇ」

「あるいは、こちらの策が敵にばれていたかもしれんぞ」

「ははぁ……」

もしそうだとしたら大変だ、と甚五は襟を引っ張りながら、川底から拾った金槌をもう一度見つめた。

「これが、なにかの手がかりになるかもしれませんぜ」

「誰かが荷駄を運ぶときに、落としたということも考えられるぞ」

「いえ、ここには本来、船着き場はなかったんでしょう。十両包みを拾ったときも、ここの船着き場は小さくて、船が係留《けいりゅう》できるほどではなかったと思います」

「つまり、やつらは目印のためだけに、ここに船着き場を作ったことになる。しかも、他の船が間違って係留などせぬよう、わざと小さめにした」

そうなりますね、と甚五はうなずくと、ふたたび金槌をしげしげと眺める。

「……ここに印がついてます」

甚五が、ここです、といって左門に見せる。

丸に亥という字が刻印されていた。

「この刻印を探っていけば、なにかわかるかもしれません」

「あまり期待していると、外れたときにがっかりするからな。適当にやれ」

「適当でいいんですかい」

「だから、適当にしっかり、とだ。駕籠に揺られて骨が痛いんだ、よけいなことをいわせるな」

文句をいう左門に、甚五は薄笑いをしながら、さっそく盗人仲間にこの刻印の意味を聞いてみます、と意欲を示した。

二

最近になっても、右門は何度か永山家を訪ねてみたが、やはりなかには入れてもらえず、追い返されるだけであった。

千代のことが気になっていたところに、

「どうやら千代さんが、かどわかしに遭ったようです」

そういって教えてくれたのは、天目である。

天目が、南條道場に姿を見せているときのことだった。

右門は夕剣に呼ばれ、奥座敷に入った。

「ちょっと天目さんから話があるそうだ」

はい、とふたりの前に座った右門が聞かされた話が、千代のかどわかしについてだったのである。

どうしてそんなことを天目が知っているのか。

疑問に思っていると、

「じつはだいぶ前に、千代さんが私のところを訪ねてきたときがあったのです」

千代は、三味線を習いたい、と弟子の申しこみにきたというのである。

喜多が名取審査を受けたときの姿が美しくて、自分も挑戦してみたい、と感じたというのであった。

「その数日後のことでした」

天目は渋い顔つきになって、

「永山家のかたが訪ねてきたのです」

武家の娘に三味線など習わせてくれるな、と断られるのだろうかと身がまえていると、

「……違いました。千代さんが戻っていないのだが、知らぬか、と問われたのです」

「はて、それは面妖《めんよう》な」

「私は、千代さんが帰ったあとのことは知りませんから、そう答えたんですけどねえ」

天目にしてみたら、それ以外の言葉はなかったであろう。

それから、また三日後のことである。

ふたたび永山家から、三沢千九郎《みさわせんくろう》という用人が来て、頼みがあると頭をさげたというのだった。

「なにが起きたのですか」

天目は驚いて問いただした。

それには答えず、まず三沢は、夕剣師匠について尋ねた。天目と夕剣が親しい間柄だと、事前に調べていたらしい。

「たしかに、夕剣さんには懇意にしていただいておりますが……」

「じつは……」

声を落とした三沢が語った内容に、天目は仰天する。

「こちらを訪ねたあと、千代さまがかどわかしに遭ったようなのです」

「まぁ、それは災難ですが、私は……」

「いえ、誤解をされたら困ります。恨みをいいにきたり、情報を求めにきたわけではありません」

「では、なにを……」

「夕剣師匠に、助けていただきたいのです。そのまま本人にお頼みするよりも、まず懇意にされている天目さんのお力添えがいただければ、と……」

「それはかまいませんが……」

「こんな頼み事は、町方にはできません」

三沢は苦渋の顔をする。

「そもそも、かどわかしに遭ったのは本当なのですか」

天目は三沢に問いかけ、さらに言葉をつなげる。

「どんな様子だったんでしょうか」

夕剣に頼むにしても、くわしい話を知ることが必要だ、と天目は付け加えた。

そこで明かされた三沢の話は、次のようなものであった。

天目を訪ねてから、千代は下女と一緒に九段坂下から、中坂へ向かって歩いていた。

坂に差しかかったところで、千代が履いていた駒下駄の鼻緒が切れたという。

その日、付き人だった下女はお明《あき》という女で、通いではあるものの、勤めだして五年ほどが経っており、信用はできるという。

お明が通りの先に下駄屋を見つけて、鼻緒を買って戻ってきたときには、すでに千代の姿は消えていた……。

「人通りもそこそこあって、無理やり連れていかれたとは考えにくいのです。ですから、どうにも不思議でして」

「では、千代さんは、みずからその場所を離れたというわけですか。なにか急用でもできたのでしょうか」

「それがわかれば、苦労はしないのですが」

用人は、心底困ったという顔をする。

「わかりました。夕剣さんに相談をしてみましょう」

そういって、帰ってもらったというのであった。

天目を通じて相談を受けた夕剣は、まず右門に話を聞いてみることにした。右門の捕物帳に、なにか手がかりになりそうな記述があるかと期待したのである。

「そうですねぇ。かどわかしに関しては、なんらかの記述があるはずです」

右門は一度道場に戻り、着替えを探す。そこに、捕物帳も一緒に置いてあるのだ。

夕剣の前に持っていき、開いてみる。

ぱらぱらとめくってみるが、書かれてあるのは、子どもの神隠しについてが主であった。

「若い娘の神隠しについてですが……」

右門は途中で、目を見張る。

「これは……神隠し、いえ、かどわかしでしょうが、共通しているのは、町中で突然いなくなるということですね。千代さんの一件も、まさに同じです」

「となると、最初からその娘さんを付け狙って、外に出たところを連れ去ったということか」

「それもあるでしょうねぇ。最初から狙いをつけていたか、もしくは罠を張りめぐらせ、そこにたまたま引っかかった娘を標的にするのか。そこまでは、はっきりいえませんね」

捕物帳を閉じると、右門が真剣な表情になり、

「私も手伝います」

天目は夕剣を見つめ、

「夕剣さんも頼りになる人ですが……探索の才は疑問ですからね。おふたりが協力してくれるなら千人力です」

「ですが、兄はまだ腕が痛いといってますよ」

そうはいいながらも、先日、甚五と一緒にどこかに出かけていた、と笑う。

「左門がおとなしくしているはずがない」

夕剣が、鉄扇をぽんぽんと叩きながらいった。

「はい、退屈の虫が騒いでいるとかなんとかいっていましたから」

「それは好都合。あやつめにも手伝わせるか」

夕剣は笑っているが、天目は真剣な目つきで、

「千代さんの姿が消えたとして、それが私のところに来た帰りの出来事だと聞いてしまうと、寝覚めがよくないですからね。よろしくお願いします」

ていねいに頭をさげる天目に、右門は胸を張って、おまかせください、と微笑んだのである。

三

川底から拾った金槌の印を調べてみると、両国から深川界隈を中心にする大工の棟梁《とうりょう》、亥之吉組《いのきちぐみ》が使っているものだと判明した。

亥之吉の住まいは、両国広小路そばの米沢町《よねざわちょう》にあった。

甚五は拾った金槌を持って、亥之吉を訪ねた。

仕事で出かけていたら、出先まで行くつもりであったが、幸い、その日は図面を引いているとかで、会うことができた。

亥之吉は、いかにも大工の棟梁らしく、陽に焼けた精悍《せいかん》な男だった。

「この金槌を拾ったんですが、見覚えはありますかい」

「おう、これはうちの誰かが使ってるもんだな」

応対も、はきはきと歯切れがいい。

「じつは、佐賀町で拾ったんですが」

「あぁ、佐賀町で船着き場を作ったことがある。つい最近、今度はそれを壊してくれと頼まれた」

「頼みにきたのは、どんな人でしたかねぇ」

「そうだなぁ、聞き慣れねぇ訛りがありましたよ」

「上方ではねぇんですかい」

「違うと思うなぁ。ああ、おれはよくわからねぇんだが、知った者がいうには、あれは九州の言葉ではねぇかと」

「九州……」

甚五は目を細める。

「では、この金槌は作業中に忘れたものでしょうかね」

川底から出てきたとはいわなかった。

「大工が商売道具を忘れるとは、間抜けなやつだ」

あとで、調べてどやしつけてやる、と亥之吉はぷりぷりしながら、甚五から金槌を返してもらい、

「わざわざ持ってきてくれて、申しわけなかったなぁ」

「いえいえ、お役に立ててよかったです」

亥之吉の住まいをあとにした甚五は、
九州か……とつぶやく。

さっそく、甚五は左門に教えようと、裏神保小路に向かった。

小伝馬町、鎌倉河岸と進み、早乙女屋敷の前に着くと、喜多の姿が目に入った。

一緒にいるのは、天目である。

天目と喜多が一緒なのは不思議ではないが、天目が早乙女の屋敷を訪れるのは、珍しい。

ふたりは、真剣な顔つきで話しこみながら歩いている。

思わず、甚五は見つからないように、物陰に隠れた。

普段ならそんなことはしないが、いかにも深刻そうな雰囲気を感じ、あとをつけてみようと思ったのだ。

ふたりは、屋敷から九段坂下をおりていく。

南條道場に行くのか、それとも天目の住まいに行くのか。

やがてふたりは、南條道場へと足を運んだ。

「はてさて、あの三人でなにを企んでいるのやら……」

あまり探索などにはかかわりのない三人である。だからこそ、不思議な感じがした。

甚五は、しばし足を止めて南條道場に入ろうか迷ったが、

「よし、三人がなにを探っているのか、直接聞くのも悪くねぇ」

そばで犬が吠えた。

その鳴き声から逃げるように、甚五は南條道場の門をくぐった。

四

道場に入っていった喜多と天目を追いかけて、甚五が夕剣に面会を求める。

三人と向きあい、さて、どう尋ねたものか、と思いあぐねていると、

「もしかして、甚五さんも千代さんの件を調べているのですか」

喜多のほうから切りだしてきた。

「ええ、まぁ、そうなんですが……」

「ということは、左門さんもですね」

「はぁ、一応、そういうことになりやすね」

話の向かう先がわからず、甚五が怪訝そうな表情を浮かべていると、

「じつは、私たちも……」

そう天目が話しだし、千代のかどわかしについて知るきっかけになった顛末《てんまつ》を

伝えてきた。天目を通じ、永山家の用人から事件の探索を頼まれた夕剣は、右門の手も借り、そして喜多にも事情を明かしたのだという。

　当然、左門にもお願いしようかと考えていたらしいが、あいにくと甚五と出てばかりいて、なかなかよい機会が訪れなかったらしい。

　ようするに、甚五が手練手管《てれんてくだ》を使って、探りあてた永山家の内部情報を、夕剣たちにはみずから明かして、事件の解決を依頼したというわけだ。

「……そうでしたかい」

　別の道をたどって行き着くところは同じだったのか、と甚五がひとり納得していると、夕剣がにやつきながら尋ねてきた。

「なぜおぬしは、永山家が必死になって隠していた千代さんのかどわかしを、いち早く知っておったのだ。私らのように、直接聞いたわけではあるまい」

「へぇ、そりゃまぁ、いろいろと……蛇《じゃ》の道《みち》は蛇《へび》っていいますからね」

　入手方法や情報元を、ここでくわしく明かすわけにもいかない。甚五は曖昧に言葉を濁した。

　だが、夕剣はなにかを見抜いているような視線で、

「おぬしの目は、ただの盗人の目ではないいな」

「それは、喜んでいいんですかね」

「おぬしの心次第だ。ただの盗人ではないが、他人をどうしても疑いの目で見てしまうという目をしておる」

「ははぁ」

「つまりは、まぁ、そのような生業であるのであろう。ときどき、師範代代理もやってもらっておるからな。道場としては、ありがたい男ではある」

「畏れ入りました」

さすが南條夕剣、と甚五は舌を巻く。

「そんな慧眼《けいがん》の夕剣さんに、お聞きします」

「なんなりと」

「千代さんのかどわかしについて、お考えをお聞きしてぇと思いまして」

「じつは、右門の捕物帳から推理したことだが」

「へぇ」

「かどわかしは、町中でおこなわれておる。しかも、人通りが多い場所で、短い時間で連れ去られておるのだ。人をかどわかすのならば、他人の目につかない場所を選びそうなものではないか」

「そう思います」

「ということは、なにかの事情で、みずからその場から去ったと考えるほうが自然じゃ。たとえば、顔見知りに話しかけられ、危急《ききゅう》の要件を告げられ、ついていったとか……」

「ははぁ、だからあたかも神隠しのように、突然消えてしまったと……」

「どうかな、この思いつきは」

「たしかに、顔見知りに声をかけられたなら、かどわかしに遭うとは思いませんからね。重要な用件であれば、そのままついていくかもしれませんね」

「とはいえ、標的の娘それぞれに、いちいち深い知りあいを用意できるものかが疑問じゃな。むしろ、仲良いわけではないが顔は見知っていて、危険は感じさせない程度の者が適任ではないか」

「なるほど……だとすれば、かどわかされた娘さんたちには、共通に見知った顔があるということか。そこを探れば、敵の正体が見えてくるかもしれねぇ」

「そこで、私は気がついたのだが」

「教えてください」

「かどわかされた娘たちは、あちこちの大店の娘であったり武家の娘であるな」

「へぇ、ですが、町人の娘と武家のかたですと、あまり接点はなさそうですが」

「だがひとつだけ、共通の知りあいを持てるのだ」

「はて……」

「行商人であるよ」

「あ……なるほど、たとえば棒手振であれば……」

「武家屋敷だろうが大店だろうが、入りこむことはたやすい。毎日顔を見ていれば、自然と安心感も出てくるだろう」

「なるほど……」

どうしてそこに気がつかなかったのか、と甚五は地団駄を踏みたい気分だった。

そんな甚五をしばらく見つめていた夕剣は、左門はどうしてるか、と問う。

「さぁ、今日はまだお会いしていませんが」

では、訪ねてみよう、と夕剣はいった。

「別の視点で、なにかを見つけるかもしれぬ」

「わかりました」

天目と喜多は、ひとまず家に帰るという。夕剣はふたりに、裏口から出ていくように指示をする。

「右門は、道場で弟子の指導にあたっているところだ。こちらの探索のほうに気を取られて、怪我でもされたら困る」

「右門さんにかぎって、それはないでしょうけどね」

喜多がかばうと、夕剣は、そうであったな、とうなずいた。


道場の外に出ると、さきほど甚五めがけて吠えた犬がまだうろうろしていた。

「野良犬め、おれに恨みでもあるのか」

笑いながら甚五が犬を睨むと、きゃいんとひと声鳴き、尻尾を巻いて逃げた。

その姿を見た夕剣は、

「おぬしは眼力があるらしい」

と感心する。

「そんなものはありませんよ。犬は眉間を睨むと逃げるんです」

「ほほう、今度、試してみよう」

南條道場から裏神保小路までは半時もかからない。

左門は、珍しくなにやら書き物をしてるところであった。

夕剣の顔を見ると、

「これはこれは、お師匠さま、懐かしいお顔です」

「たしかに懐かしい。で、なにを書いていたのだ。おまえにかぎって恋文とは思えぬが」

「はいはい、私は常に天下国家のことしか考えておりません」

「して、今日の天下国家はどうなっておるのだ」

「それがなんと申しましょうか……」

「意味不明な話はもうよい。中心だけでよい」

「では、それについては、師範代の代理がなにかつかんでる、と私の易占《えきせん》では出ております」

甚五がさっと立ちあがり、左門の書き残しを取りあげた。

「おい、やめろ」

「左門さん、これはなんですか」

そこには、ただぐるぐると渦巻きが描かれているだけである。

「むむ……才能と知恵が、渦を巻いている図だ」

「なにを描いているかと思えば……」

「馬鹿者、こうやって渦巻きを描いていると、頭が整理されるのだ。そこで気がついたのは、師範代代理がなにかを握って、これから来るな、とまぁ、そんな結論に至ったのであるよ」

「結局、人頼みとは、なんとも情けない結論ですねぇ」

「ええい、うるさい。いいから、甚五、あの金槌からなにか手がかりをつかんできたのではないのか」

夕剣は、金槌とはなんだ、と首を傾げる。

甚五は、佐賀町の船着き場について語った。

「なるほど、あいわかった」

甚五の説明に得心した夕剣は、では、といって、さきほど気がついた棒手振の話を披露する。

「さすが私の師匠です。師匠の圧勝だ」

「……おだてるのは、それまでにしておけ。図に乗ってしまう」

「おや、お師匠さんでも、図に乗るようなことがあるのですか」

「人はときに己を過信し、前進するのだ。だが、あまりにも図に乗りすぎると、これは天狗になっている、という」

師匠の言葉には含蓄《がんちく》がある、と左門はまたおだてる。

「まぁ、師弟同士の問答は、そこまでにしてください」

「甚五、いや、師範代代理の話を聞こうか」

「これから、もっと調べる必要がありますが」

少し膝を進めた甚五は、ふたりの顔を見あわせて、

「鍵は九州にありました」

夕剣も左門も、先を待つ。

「じつは……」

数年前から九州や四国では、金銭を騙し取ったり、火付けや押し込みなどを繰り返す、凶悪な一味が暗躍《あんやく》していた。

だがその一味は、夏前あたりからぱったりと姿を見せなくなっていた。

さんざんに西国を荒らしまわった頭目が、新たな稼ぎ場を開拓すべく、江戸に渡ってきたからだという。

江戸で凶賊《きょうぞく》を組織し、暴れまわると思われた頭目であったが、なんの因果か目黒不動前でつまらぬ喧嘩をして、現在は捕縛されているというのだった。

「どうして、そんなにくわしいのだ」

揶揄するような左門の問いに、

「それはもう、あっしの盗人仲間は、いろんな情報を持っていますからね」

「なるほど、盗人仲間からの風の便りか」

「それも馬鹿にしたもんじゃありません」

甚五は胸を張った。

もっとも、甚五がいう盗人仲間とは、おそらくは密偵であろう。であれば、これほどたしかな情報はない。

「頭目がすでに捕縛されているなら、関係はなかろう」

「それが大ありなんで。へぇ」

頭目の名は、博多《はかた》の蛭《ひる》。文字どおり博多の生まれで、なにより蛭のように相手に喰らいつき、卑劣な手を使ってすべてを吸い取ってしまうのだとか。

「この博多の蛭は、悪党の間ではたいそう恐れられてましてね。その凶悪さで従う仲間も多い。捕まった頭目を追って、手下が江戸に入りこんできているという噂もあります」

「その手下たちが、今回のかどわかしを働いているというのか」

「あっしは、そう見立てました」

船着き場の造営と撤去を依頼したのは、九州訛りの男。

博多の蛭の手下は、ほとんどが筑豊《ちくほう》、豊前《ぶぜん》、筑前《ちくぜん》などの出身者だという。

「なるほど。では、もはや頭目の博多の蛭は用済みで、手下が中心となっているというわけかな」

「たしかに、手下にも優秀なやつはそろっています。ですが、やはり頭目が中心となっているのは、変わらないと思いますねぇ。そのため、江戸に手下たちが入ってきているという噂は、以前からありました」

「おまえは、そいつらを探っていたんだな」

「盗人仲間にも仁義がありますからね。かどわかし、しかも子どもや若い娘をつかまえて外国に売るなんざ、犬畜生《いぬちくしょう》のやることです」

珍しく激しい物言いをする甚五に、毒気を抜かれた思いの夕剣と左門は、

「まぁまぁ、鎮まれ……しかしなぁ」

夕剣は難しい顔を見せる。

「捕縛されたのであれば、だいぶ行動は制限されるはずであろう。もはや博多の蛭は関与しておらず、手下のなかに中心となった者が出てきたと考えたほうが、自然なのではないか」

「そのあたりが、博多の蛭の頭のいいところで……」

なんと、小伝馬町の牢番《ろうばん》にも仲間がいるのだ、と甚五は吐き捨てた。

「やつが、そこから外の動きを知り、さらに、次になにをやるか、指令を出しているらしいと……」

「なにゆえ、さっさとそのつながりを断ち切らぬのだ」

「牢名主《ろうなぬし》などにも金を渡し、なかなか尻尾をつかませねぇんですよ」

「そもそも、そんな凶賊の頭目であれば、さっさと死罪にするのではないか」

「そこも博多の蛭の狡猾《こうかつ》なところでして……数々の凶悪な所業《しょぎょう》が知られているわりに、まったくといっていいほど証拠を残してないんです。現在も喧嘩騒ぎで牢につなぎとめておき、なんとかその間に凶行の証拠を集めているんですが、うまくはいってません。いずれ軽微な罰で解き放ってしまうか、もしくはなんらかの理由をつけて、強引に死罪とするしかないのです」

「……困ったな、それは」

すると、左門が思いついたようにいった。

「よし、その牢屋に密偵を送りこもう」

俵屋を呼んで相談だ、とさらに叫んだ。

五

左門の部屋に、右門、甚五、夕剣、そして成二郎の四人が集まった。

左門は、自分が牢屋に入るといってきかない。

それはだめだ、と全員が反対する。

そんな身体で牢屋に入ったら死んでしまう、とみなが止めるのだ。

「この程度で死ぬなら、本望だ」

「馬鹿を申せ。おまえがいなくなったら、みなはどうする」

「どうなるんです」

「嘆き悲しむであろう」

「その程度でしょう。早乙女家を継ぐなら、右門がいる。そもそも家臣の間じゃあ、私より右門のほうがいいのではないかという声すらあるのだからな」

最後は嫌味ではなく、かかか、と左門は本気で笑っている。

その言葉を聞いて、右門が答えた。

「幼きころは、たしかに私もそのような声を聞いてました。でも近頃では、雀の間でもそんな言葉は出ていませんよ」

「雀とはなんだ」

「下馬評でもいいですよ」

ふん、と左門は横を向いてしまった。

「そんな話はどうでもいいのだ。とにかく、私が潜りこむ。牢屋がだめなら、牢番でもよい」

左門は、成二郎を見つめる。

「しかし、牢屋に潜りこんで、どうするんです」

「牢番に、博多の蛭の仲間がいるのであろう」

「仲間といいますか、金でつられている輩でしょうね」

「ならば、そいつと仲良くなってやろうではないか」

「いずれにしろ、その身体では無理です」

「馬鹿者、これだからいいのだ」

片手に晒しを巻いた牢番ならば、みな馬鹿にして安心するだろう、と左門はいい張る。

「痛みはどうなのです」

「痛いのは当然だ。だが、我慢できぬ痛みではない。まぁ、探索に集中していたら、そんな痛みも飛ぶはずだ」

「では一応、順庵さんに聞いてみましょう」

右門の言葉に、左門は、あんな藪医師はだめだ、という。

「兄上が思っているほど、藪でもありませんよ」

笑いながら右門は答える。もっとも、順庵を口汚く罵るのは、左門の口癖のようなものだ。

「とにかく、俵屋、なんとかしろ」

むぅ、と成二郎は唸りをあげた。

「なんだ、いまのは」

「左門さんの真似をしただけです」

気にしないでください、といいながら、

「しかたがありません。なんとかいたしましょう」

「そうこなくてはいかん」

それまで、じっと聞いていた夕剣が口を開いた。

「よし、それでいいだろう。だが、最後の戦いは私にまかせてもらう」

「お師匠さんは、そばにいてくれるだけで十分です」
左門が頭をさげると、
「そうはいかぬ。なにしろ、天目と喜多に頼まれておるでな」
千代がかどわかされているとしたら、自分が助ける、といいたいのだ。それに、
永山家からも頭をさげられている。
「ここで私が出なくて、誰が出る」
いいきる夕剣を見ると、誰も異をとなえることはできない。たしかに、夕剣が
戦ってくれるなら、千人力である。なにしろ、左門は片手が使えないのだ。
「右手一本で戦えぬこともないが……」
「左手は重要ですよ」
右門は、左手が使えなければ、右手との均衡《きんこう》が取れず、刀をうまく操れない、
というのだった。
そこまでいわれると、左門も口をへの字に曲げて、
「わかった、わかった。最後の締めは、師匠と弟にまかせる。まぁ、せいぜい牢
番と仲良くして、博多の蛭……面倒くさい呼び名だな、今後は博多蛭にしよう、
そいつの仲間をあぶりだすために働くとしよう」

こうして左門は、牢番として潜りこむことになったのだった。

片手を晒しでつった牢番役は、じつに楽しい。

成二郎のはからいで、牢番となった左門だったが、最初はなかなか馴染めない。

なにしろ、みな無口なのだ。

年上と思える牢番に話しかけてみたが、

「こんなところで、よけいな話をするのはやめろ」

「なぜです」

「悪党の気持ちをざわつかせるからだ」

「へぇ、たとえば、どんな話です」

「こんなところの野郎どもがいちばん喜ぶのは、ひとつしかない」

「ほほう、やはり金ですか」

「おまえは馬鹿か。女の話に決まってるじゃねぇか」

「へぇ、女の話ねぇ」

話だけしたところでなにが楽しい、と左門は思うのだが、

「おまえにしても、こんな殺風景で殺伐としたところなら、女の話でもして、気

分を高めてぇと思うだろう」

「……そうかな」

「違うのか」

「ううむ、わからん」

その返答に、呆れられてしまったのである。

そこから、どうもあの男は、おなご嫌いらしい、という噂が立ったのである。

しかし、世の中、なにが幸いするかわからぬ。

翌日、眉毛が逆だった牢番が寄ってきた。

「おい、新入り」

その不遜《ふそん》な態度にむっとする左門だが、博多蛭の仲間をあぶりださねばならぬ、と我慢する。

「なんです」

「おまえ、女嫌いなんだってなぁ」

「はぁ……」

「へへへ、とぼけても話は聞いたぜ」

なにがどうなっているのか、左門はただ、はぁ、とか、ふむ、と答えていると、

「おめぇ、女が嫌いなら、こっちのほうが好きなのか」

「こっち……」

男が盆を被せる動作をする。

「へへ、丁半《ちょうはん》に決まってるじゃねぇか」

「ははぁ……丁半。そう、丁半は飯より好きなんだ」

じつはこの怪我も、賭場で喧嘩になったせいだ、と悔しそうな顔つきを見せる。

「ほほう、なるほど。おめぇも、そんなのっぺりした顔しているのに、案外と手が早そうだな」

「早い、早い。手は足より早い」

「おもしれぇ野郎だぜ、気に入った。どうだ、一回、付き合うかい」

またもや男は、賽子《さいころ》を転がす動作をする。

「それは、ちんちろりんかい」

丼を使うだけの賭け事で、丼に賽子を転がす。そのときの音が、ちんちろりんと聞こえる。

「そうだ。賭場が見つからねぇときには、これもできるからな」

「ありがてぇ、ぜひ、連れてってくれ」

いいだろう、と牢番は下卑《げび》た笑いを見せた。

「なんなら、今晩はどうだ」

「あぁ、おれはいつでもいい。今晩でも、いますぐでも」

引っかかったこの牢番は、口が軽そうだった。この男が内通者とはかぎらぬが、懐に飛びこめば、博多蛭につながる有益な噂なども仕入れることができるかもしれぬ、と左門はほくそ笑んだ。

その日の夜、左門はその男と京橋《きょうばし》、三十間堀《さんじっけんぼり》で合流した。

男は、昼とは異なり無口であった。

どうしてそんなに静かなのか、と問うと、

「いいか、これから会うのは御家人だ。少々おっかねぇ人だからな。あまり馴《な》れ馴れしくするんじゃねぇぜ」

「そんなにおっかねぇのかい」

「あぁ、剣術は一流で、牛でも馬でも真っぷたつてぇほどの人だ」

「そんな人がいるのかい」

「仲間が、牛の首を一発で斬り落としたところを見たことがある」

「そらぁ、すげぇや」

自分や右門でも、その程度のことはできるだろう。夕剣ならば、二頭並べてひと太刀で斬り落とすかもしれない。

「だからな、いつもその人に会う前は、少し緊張するんだ」

「気が短いようだな」

「まぁ、そうだ。長くはねぇな。気に入らねぇと、すぐ斬り捨てるってぇ噂だからなぁ。いままでも仲間が突然、消えてしまうことがあった。その人に斬られたんだろう、ってぇ話だ」

「おっかねぇなぁ」

震える真似を左門は見せる。

それだけ腕が立つなら戦ってみたいものだが、いまはこの片手では負けるかもしれない。

「そういえば、あんたの名前を聞いてなかったが」

「おれか、おれは加平《かへい》だ。おめぇは」

「私か、私は……甚五、郎。甚五郎だ」

「甚五郎かい、どっかで聞いたような名前だな」

「あぁ、左甚五郎のことだろう」

「そうか、名の知れた彫刻師だったな。そういえば、おめぇは左手が使えねぇようだが、大丈夫かい」

「まったく問題はねぇよ」

加平の言葉を真似してみる。

賭場に入ったとき、侍言葉ではまずいのではないかと考えたからだった。

幸い、加平は左門がどんなしゃべりかたをしても、気にしていないらしい。

「とにかくな、その御家人は、守山元心《もりやまげんしん》という名だ。きちんと守山さまって呼ぶんだぜ。元心と呼べるのは、ごく一部の者だけだからな」

「わかった。守山さんだな」

「守山、さま、だ」

加平は、さまと呼べ、と念を押した。

ついたのは、弓町《ゆみちょう》の一角だった。

六

仕舞屋の奥座敷で、賭場は開かれていた。

盆莫蓙《ぼんござ》が敷かれていて、その中心には片肌を脱いだ男がいる。

丁半の誘い声とともに、参加している連中は、目をギラギラとさせながら、盆が開くのを待っている。

結果が出た瞬間、ため息と笑い声が同時に湧き出ていた。

御家人風の男を探したが、そこにはいない。

加平に聞くと、帳場《ちょうば》のほうにいるんだ、と答えた。

紹介してくれるように頭をさげると、そのつもりだ、と加平はいった。

そのまま左門は加平に連れられ、帳場にいた侍と引きあわされた。

教えられたとおり、守山さまですね、と左門はていねいに頭をさげる。

「加平、なんだこいつは」

守山は、左門を胡散くさそうな目つきで見つめている。

今度入った新入りの牢番だ、と加平は説明をすると、そうか、と興味をなくしたようだった。

「おい、加平。今度はもっと金になるような、大店の若旦那とか、そういうのを連れてこいよ」

「へえ、すみません。この野郎が、どうしてもというんで」

そこで左門は前に出て、

「金がいるんです。金のためなら、なんでもやらねぇといけねぇんで」

「……左手はどうした」

「へぇ、別の賭場でちと揉めまして、へへへ、そのときに」

「いかさまでもやったのかい」

「いえ、そんな、へぇ、まぁ」

曖昧な返事をした。あとは守山が勝手に解釈してくれたらいい。

「そんなに金が必要なのかい」

「へへへ、まぁ、そんなところです」

「じゃぁ、大勝ちするんだな」

守山は、あっちに行け、と首を振った。

左門はできるだけ馬鹿を装っていたが、果たして通じたかどうか。守山の眼力がどの程度なのかわからぬが、できるかぎり能力は隠したい。

「とにかく、あっちに行こう」

盆茣蓙が敷かれた部屋に戻ると、また、ため息と笑い声が重なる。

やるか、という加平の声にうなずき、左門は博打に熱中しはじめた。

　このような賭場で丁半を遊んだことなどない左門は、探索のことをしばし忘れ、すっかりと夢中になってしまった。

「くそ、次だ、次」

　負けるたびに、そんな台詞を吐いて、どんどんとのめりこむ。

　もっとも、負けがこんでいく姿をまわりに見せるのは、策のひとつでもあった。

　すってんてんになったところで、加平に、なにかいい仕事はねぇか、と尋ねるつもりなのである。

　うまくいけば、加平ではなく、守山とつながれるかもしれない。

　悪どい仕事でもかまわねぇ、と頼みこめば、加平か守山のどちらかが、博多蛭の情報を教えてくれるかもしれなかった。

　最初は、負けてもいい、と鷹揚にかまえながら丁半を張っていたのだが、真剣にやっても負ける。

　そのうち、本当に熱くなってしまった。

「ええい、今度こそ半だ、半よ、こい」

　半だ、丁だ、と続けていくうちに、

「おい、おめぇは本当に博打が好きなんだな」

加平の顔は呆れ返っている。

「そんなに夢中になったら、勝てねぇよ」

うううむ、と左門の目が血走り、あたかも怪我をした猪のようだ。

「くそ、金がなくなった。みな取られてしまった」

「博打打ちは、そんなに目くじら立ててやらねぇもんだぜ」

「そうなのか」

「あぁ、ここぞというときにだけ、張るんだ」

「そんなことといっても、負けたら頭に血がのぼる」

「それは素人だ。まぁ、おまぇが素人だってのは、すぐ気づいていたがな。そんなやりかたをしているから、負けるんだぜ。金がなくなるのも当然だな」

「ちきめ」

「なんだい、それは」

「ちきしょうめ、を縮めた」

「本当におめぇは馬鹿だな」

「こうなったら、また新しい仕事をやらねぇとなぁ。まぁ、牢番はやりながらでいいんだが、なにか隠れ仕事でも知らねぇかい」

加平は、じっと左門を見つめると、

「おめぇ、なんでもやるかい」

「あぁ、やる」

「やばい仕事でもかまわねぇのかい」

「やばかろうが、なんだろうが、やるぜ」

「じゃあ、ちょっと待ってろ」

加平は、守山に話をつけてくるといって、その場を離れた。

だが、なかなか戻ってこない。

しばらくして、ようやく戻ってきたら、

「ちょっと顔を貸してくれ」

さっきとは違った目つきで、左門を睨みつける。

加平は三十間堀のほうに進みながら、ひとことも口をきかない。

たまにちらっと左門を見る。それだけだ。

「加平さん、どうしたんだい」

まさか正体がばれたのではないだろうが、少し心配になった。

三十間堀から、木挽町《こびきちょう》に出た。

そのあたりは、後ろに広大な紀伊《きい》屋敷を控え、ほとんど人の姿はない。

そろそろ木戸の閉まる頃合でもあり、京橋への通りにも、ほとんど人の姿はなかった。

「こんな静かなところに連れてきて、どうしようってんだ」

思わず、左門は叫んでいた。

誰かに待ち伏せでもされているのかもしれない。

正体がばれて、大勢に囲まれてしまったら、片手一本ではどこまで戦えるかわからなかった。

「静かにしねぇか」

いままでとは打って変わって、ドスの効いた声だった。

「おい、甚五郎」

「……なんでぇ」

「おめぇ、なんでもやるっていったな」

木挽町は、掘割が目の前だ。なにかあったら、そこに突き落とされそうな気がする。

「そういったが、どうした……」

「さっき、守山さまと話をしたんだがな」

「仕事を斡旋《あっせん》してくれねぇのか」

「話は最後まで聞け」

「わかった……」

どうやら、殺されるわけではなさそうだった。

「仕事はある、ただし」

「……」

「これは、かなりやばい仕事だ。だからな」

「……」

「おめぇが本気かどうか、確かめてぇ」

「そういうことかい」

「じつはな、おれたち……あぁ、おれと守山さまという意味だが、おれたちは、
博多の蛭の手下なんだ」

「なんだって」

「江戸ではあまり知られていねぇだろうが、博多の蛭は盗人の親分だ」

「……知らねぇ」

疑われないように、表情をおさえた。

「まぁ、九州、四国界隈じゃ、名の知れた盗人なんだがな」

「その博多蛭……いや博多の蛭がどうしたんだ」

「いま、小伝馬町に入っている」

「そうなのかい」

「まぁ、そこからいろいろ指令を出しているんだがな」

「指令とは……」

加平が外の様子を知らせて、そこから博多蛭が策を練り、加平は手下たちに伝える。それを仕切っているのが、守山元心だという。

「そらぁ、おっかねぇ話じゃねぇかい」

「いままでうまくいっていたんだが、そろそろ、お頭は外に出てぇといっているんだ。うかうかしてると、お頭も処刑されちまうかもしれねぇからな」

「それは、牢破りという意味かい」

「わかりが早えな」

「そんなだいそれたことが、どうやったらできるんだ」

「だから、それをおめぇにやってもらいてぇのよ」

「なんだって……」

「お頭を逃がすことができたら、おめぇも手下に加えてやる。つまりは、儲け仕事にありつけるってぇ寸法だ」

わかるな、と加平は念を押した。

「あぁ、あぁ、わかりすぎるくらいわかるぜ」

「どうだ、やるか」

牢破りは捕まれば死罪。それに加担した者も、斬首《ざんしゅ》の刑になる。そんな危険を犯してまで、やるか、という問いかけでもある。

「牢番としては、新入りだからな。おまえがあちこちうろついていても、いいわけが立つだろう」

「迷ったとでもいえと」

「そこは自分で考えろ」

「まぁ、いい逃れは得意だからな」

「ふん、どうだ、やるかやらねぇか」

ここで断ったら殺されるのだろう。

牛を一刀のもとに斬るという守山元心が、どこかに隠れているのかもしれない。

いま、やつと戦っても、おそらく左門には勝ち目はない。

といって、牢破りを成功させることなどできるだろうか。

成二郎の力でなんとかなるかもしれないが、あの堅物が、はいわかりました、とすんなり納得してくれるだろうか。

待てよ、甚五ならなんとかしてくれるかもしれぬ……。

ふと、そう思い至った左門は、よし、とひとつうなずき、

「加平さん、おれもな、これでも仲間がいるのさ。そいつに手をまわして、なんとか逃げだす算段をするぜ」

「本当かい」

「あぁ、やるったらやる」

できるのかとは、加平は聞き返さなかった。

「じゃ、その仲間とやらと組んで、やってみるんだな。失敗したら、仕事はねぇよ」

「念のため聞いておきてぇ。どんな仕事なんだ」

「いま教えるわけにはいかねぇが、まぁ、おめぇが嫌いな女に関する仕事よ」

最後に加平は、ふふふ、と気持ちの悪い笑いかたをした。

七

案の定、成二郎は大反対をする。

誰にも見られぬよう、ひそかに屋敷に帰った左門は、自分の部屋に成二郎を呼び、相談があると持ちかけたのだが、

「冗談じゃありません。だめです。絶対にだめです」

せっかく捕まえた大泥棒を、逃がすなんぞできるわけがない、と鼻の穴を広げるのだ。

全身で拒否をする成二郎に、左門も太刀打ちできない。

「しかしなぁ、博多蛭の手下たちを一網打尽《いちもうだじん》にできるんだぞ」

「そんなことは保証されていません」

「私が保証する」

「いちばん信用できません」

「ならば、右門が保証するならどうだ」

「……それでも、やはりだめです」

「困った……」

このままでは、せっかくの策謀も泡となってしまう。

そこに、ようやく甚五が入ってきた。

仏頂面をしている成二郎を見ながら、

「どうしたんです」

左門は、牢番から聞いた話や、守山元心の存在などを伝えて、

「どうだ、おまえの盗人仲間の力で、牢破りはできぬか」

「それはまた、とんでもねぇ話を持ちかけられたもので」

「敵もいろいろ考えておるということだ」

「いくら仲間の力を使っても、牢破りはなかなかねぇ……」

「だめか、やはり」

しばらく思案していた甚五であったが、

「いや、まぁ、まったく手がねぇわけではありません」

「よかった、これで元心なんぞという御家人に斬られずに済む」

「まだ、請けおってはいませんぜ」

「なに、おまえがやる気になったら、大丈夫だ」

ふたりの会話を聞きながら、成二郎は、冗談じゃねぇぞ、とぶつぶついい続けている。

「わかりやした、ちょっといろいろ伝手を使ってみましょう」

「おう、それでこそ、甚五さんだ」

「おだてでもなにも出ませんぜ」

結果はすぐに知らせます、といって、甚五はその場から立ち去った。

残った成二郎は、憤懣やるかたない顔つきである。十手を取りだし、それを肩で叩いたり、鼻を掻いたりしているのは、気持ちを落ち着かせようとしているらしい。しかし、それで落ち着くということはないのだろう。

眉を逆立て、

「左門さん、これは立派な犯罪です」

「そうかもしれんなぁ」

「いまの話は聞かなかったことにしておきますからね」

「それがいいかもしれぬなぁ」

「成功しても、失敗しても、甚五は捕縛され、小塚原《こづかはら》で斬首されますから。泣いて命乞いにきても、私は知りません」

「そんなつれないことを」

「私には、かかわりのない話です」

ううむ、と左門は唸るしかない。

とにかく、私は知りません、と念を押してから、成二郎は部屋から出ていった。

「喜多がいなくてよかった」

いれば、成二郎と協力して、ふたりから責められていたことだろう。

右門は師範代として、南條道場に出かけている。

いずれにしろ、策がうまくいくかは、甚五の活躍次第である。いまの左門にできることはない。

「元心に会ってみるか」

いや、いまはまずい、と思い返す。

牢破りがうまくいってからのほうがいいだろう。いま会って、いらぬ詮索をされるほうが危険だ。

まずは甚五の首尾を待つとして、とりあえず左門は順庵を呼ぶことにした。

藪でもなんでも、いまはこの傷を、一日でも一刻でも早く治してしまいたい。

博多蛭の一団と戦うのに、傷を負っていては危険すぎる。

しばらくすると、順庵先生がお見えになりました、という声が聞こえた。

どこでどう手をまわしたのか、それから三日後、博多の蛭はなんと大手を振って、小伝馬町の牢屋敷を出ていったのである。

それを知った成二郎は、大憤慨《だいふんがい》である。十手を振りまわしながら、甚五が住む小柳町の長屋に駆けつけると、大きな身体をさらに膨らませて、甚五に食ってかかった。

「いったい、なにをしたんだ」

十手の先を突きつける。

「あっしは、なにもしてません」

「そんなことあるめぇ。おめぇがあのとき、牢破りでもなんとかできるかもしれねぇ、と口約束したあとだ。牢破りどころか、放免になるたぁ、どういうことだい」

「あっしは知りませんね」

表向きは、喧嘩両成敗だからという理由で、片方が訴えを取りさげたのだという。放免された理由はそこにある、と甚五はいった。

「どうしてそんな裏話を、おめぇが知っているんだい。いくら仲がいいとしても、きちんとしたことを教えてくれねぇとしょっぴくぞ」

「そんな無体な」

「さぁ、ここではっきり裏を話してもらおうじゃねぇか」

成二郎の怒りはもっともだろう。

普通に考えても、ここで博多蛭の放免はあっていいはずがない。それがあっさりと放免になったのだから、成二郎だけではなく、奉行所の全員が怒り狂っているといってもいいかもしれない。

そんなとき、駒吉が成二郎を探して、小柳町の甚五の家にやってきた。

「旦那……」

「なんだ、そんな素っ頓狂な顔をしていねぇで、もっと怒れ」

「なにをです」

「馬鹿野郎。そんなんだから、江戸から強盗、詐欺、掏摸《すり》、かどわかしの事件がなくならねぇんだ」

「旦那……なにかありましたかい」

「そんなことより、これを渡せと、吟味筆頭方《ぎんみひっとうかた》からの手紙です」

「あぁ、おおありだ」

それはつい最近、与力筆頭に就任した、海部新右衛門《あまべしんえもん》からの回状《かいじょう》のようである。

「なんだと……」

なんだい、この忙しいときに、と不服をいいながら、成二郎は封書を開く。

最初は面倒くさそうに読んでいた成二郎だったが、やがて、目を丸くして文と甚五の顔を交互に見はじめた。

読み終わると、またまた甚五の顔をじっと見つめる。

「そうだったのかい」

甚五は不審な目で、文になにが書かれていたのかを問う。

「そうならそうと、どうして早くいわねぇんだ、いや、いわなかったんです」

「ですから……」

「もういい。わかりました。もう邪魔はしません。誰にも邪魔はさせません。失礼いたしました。今後のご活躍を……」

そういい残すと、そそくさと成二郎は長屋から出ていったのである。

甚五は、急変した成二郎の態度に、吟味与力からの封書になにが書かれていたのかを推量《すいりょう》する。

おそらくは、甚五の本当の身分について書かれていたのだろう。

左門が甚五を称して、盗人だといったのは、ある意味、幸いであった。

だがそのうち、甚五の能力を知った左門たちは、密偵ではないか、と疑いはじめた。

「これで、みなに真実が伝わるだろうな」

甚五こと、秋村逸之条《あきむらいちのじょう》は苦笑する。

牢破りについて甚五が相談したのは、吟味与力筆頭に就任した海部新右衛門だったのである。甚五は、海部つきの密偵であった。

新右衛門に相談をすると、

「ならば、むしろ放免してやろう」

という返答であった。

「牢破りでは、やつらは警戒を強めるかもしれん。奉行所を刺激せぬよう、しばらくはおとなしくすることもありえる。だが放免となれば、油断するはずだ」

「おそらくそのとおりかと……」

「ならば、油断させたほうがよいではないか」

「間違いなく」

「すぐ放免できるよう、手続きを取る」

「できますか」

「できるかどうかではない、やるのだ。これで博多の蛭一味を一網打尽にできるとあれば、誰も不服はいうまい」

そのとき甚五は、かすかに沈んだ目を見せた。

「どうした、なにか不都合があるのか」

「それが……」

甚五は、徳俵成二郎という吟味与力がいます、と答えた。

「あぁ、あの相撲取りのような男だな」

「正義感が強いので、わたしが放免の画策をしたと判明したら、どうなることやら」

「わかった、そちらは私にまかせよ」

そのときの会話を思いだして、甚五はため息をついた。

これでとうとう、みなともお別れだ、と思ったからである。

身分がばれた隠密同心《おんみつどうしん》は、同じところに長居はできない。

「しかたがあるまいな」

誰でも隠密同心になれるわけではない。それなりの知恵と度胸、そして才がなければ、就任はできない。それゆえ、すぐお役御免となることもなければ、新しい隠密同心が生まれるまでには、時がかかるのだ。

いずれにしても、追っていたかどわかし事件が解決すれば、次の探索に移ることになる。そうなったら、小柳町のねぐらも捨てなければならない。

これはいつものことなのだ、と甚五はあきらめの境地に入っていた。

すると、そこに客が現れた。

顔見知りの小者である。

どうやら、新右衛門が放った小者たちから、次々と新たな動きが伝えられているようであった。

伝言は、博多の蛭は上野のお山に向かっている、というものであった。

そのとき、戸の陰から思わぬ声が聞こえてきた。

いったい、いつからひそんでいたのだろうか。

「おい盗人、ひまか」

八

博多の蛭一味が上野のお山に集まっていると聞いた甚五は、そばの自身番で身分を明かし、すぐさま右門と夕剣に伝言を走らせた。

ほう、やはりおまえは密偵、いや隠密であったか、と行動のすばやさを見ながら、左門はにやついている。

一抹の寂しさを覚え、甚五はなにも答えない。

「行きましょう、上野へ」

「そうか」

「上野の黒門の前で、私の仲間が待っております」

「ふうん、さすが隠密同心が動くとなると、やることが早いものだな」

「感心してるひまがあったら……」

わかった、わかった、といいながら、左門は左肩に手をあてて、

「くく、この肩の怪我さえなかったら、蛭退治など、朝飯前なのに」

「それは、蛭と朝をかけたんですかい」

「……行くぞ」

左門たちは、鍋町の通りに向かって駆けだした。

黒門の前に着くと、すぐに右門が来て、続いて夕剣も姿を現した。

そろそろ暮六つである。

夕暮れ迫る上野のお山も夕日が落ちて、暗くなりかけていた。

薄暗いところに、人の形に似た二階家ほどの大きな影があった。おばけ灯籠《とうろう》と呼ばれる灯籠である。

小者たちは伝言をつなぎながら、博多蛭たちの居場所を教えてくれた。

その手際のよさに、夕剣は感心している。

おばけ灯籠から少し進むと、せまい階段があった。左右は旗指《はたさ》し物《もの》や、小さな鳥居で囲まれている。

そこをおりると、横に小さな洞穴がある、と案内の小者はいった。

「踏みこもう」

左門が逸って進みだすと、夕剣に袂をつかまれた。

「おまえはここで待っておれ」

「しかし」

「片手では、いくらおまえでも危険だ」

「いや、私は牢番として顔を知られているから、やつらは安心するかもしれません。それが油断になれば、こっちのものです」

甚五は、それも一理ある、というが、夕剣は、どうせ踏みこむなら同じことだ、と一歩も譲らない。

最後は右門も夕剣側にまわったところで、決着はついた。

「わかった、わかった。逃げてくるやつを叩きのめしてやる」

と右手をぐるぐるとまわした。

行くぞ、と夕剣を先頭に、右門、成二郎、甚五が続いた。

敵の数は十人近くいると、小者から聞いている。この洞穴に、そんな人数が入る場所があるのかと驚いていると、

「ここは、修験者《しゅげんじゃ》が集まるところですから」

と小者が教えてくれた。

奥には、なにやら本尊があるのだという。だが、いつの間にか使われなくなって、洞穴だけが残ったらしい。

たしかに、入り口はひとり進むのが精一杯である。

一行は、縦に並んで入っていった。

左右に曲がりくねった洞穴をたどっていくと、急に明るい場所に出た。洞穴の天井も高く、円形に広がっていたのである。

「なんだ、てめぇたちは」

叫んだのは、牢番の加平だった。

「博多の蛭はどいつだ」

夕剣が、問答無用とばかりに、核心をつく。

手下たちがいっせいに、いちばん奥で丸石に座っている男に視線を送った。

「出てこい、蛭め」

夕剣はすたすたと前進する。あまりの大胆な行動に、手下たちも動けない。

だが、ひとりが叫んだ。

「なんだ、てめぇたちは。やっちまえ」

あっという間に、座が乱れた。

苦戦というほどでもないが、夕剣が戦いの相手にやや押しこまれていた。

「あやつが、守山元心だ」

黙っていられなくなったのだろう、あとから入ってきた左門が叫んだ。

その顔を見て、元心はちっと舌打ちをする。

「てめぇ、やはり犬だったのか。おかしいと思って、無理な役目を押しつけたのだがな。思わぬ放免になって、こっちも少し気がゆるんだらしい」

元心は、ふたたび夕剣の前に立って対峙《たいじ》した。

「まずはおまえからだ」

「元心とかいったか。どうやら骨のある剣術家は、おまえだけらしい」

「おれを呼び捨てにしたやつで、生きてる者はいねぇ。みんな死んだぜ」

「では、私が生き続ける最初になるのだな」

「やかましい」

元心は正眼に構える。正統派の構えであった。

「なかなかの腕前らしいが……」

続けて、夕剣も正眼に構える。そこから徐々に剣先は、右手へと斜めに伸びていく。

「見たことのねぇ構えだ」

元心が吐いた瞬間だった。脱兎《だつと》のごとく夕剣は前進して、元心の左側を駆け抜

けたと思ったら、間髪いれずに振り返り、

「戦いのときは、口を開くものではない。基本を忘れたな。それを油断という」

すれ違いざま、夕剣の剣は逆袈裟を描いた。

元心の片手が、あっという間に落ちていた。

「ううう」

「どうだ、元心。私が一番目になったであろう」

手をおさえながら呻いている元心の眉間に、鐺《こじり》をこつんと当てると、元心はそのまま後ろに倒れた。

「まだ、やるかな」

笑みを見せながら、博多の蛭を見つめる。

「やかましい」

丸石から立ちあがっていまの戦いを見ていた博多の蛭は、すぐさま奥へと逃げ去っていった。

「まだ奥があるのか」

甚五が飛びこんでいく。

右門は、片手で苦戦する左門をかばいながら、くるくるとまわりこむと、敵をひとりひとり倒していった。

「ううむ、師匠といい弟といい、強いのぉ」

あっという間に敵の十人が、呻きながら倒れている様子を見て、左門は呆れ返っている。

町人の格好をしているうえに素手ではあるが、手刀の構えをする甚五を見て、博多の蛭は眉をひそめる。

「おまえは侍か……そうか。ずっとおれを狙っている隠密同心がいると聞いたことがある。おまえだな」

「そうだとしたらどうする」

「捕まるわけにはいかねぇから、逃げるまでよ」

奥まで押しこんだはずだが、急に蛭の姿がその場から消えた。

岩が龕灯《がんどう》返しになっていたらしい。しまった、と甚五が手をかけると、そこは岩ではなく、色が塗られた板だった。

暗いために、区別がつかなかったのである。

甚五はすぐさま板を押して、外に出る。

暗闇は、洞穴と変わらず、遠くは見えない。

「死ね」

右後ろから、博多の蛭の声が聞こえた。

とっさに甚五は、地面に転がって、刃を避けた。

目標を失った蛭は、たたらを踏んだ。

その瞬間、起きあがった甚五は、懐に隠していた十手で、博多の蛭の脳天を叩きつけた。ぐしゃりと嫌な音がして、蛭はその場に倒れた。

「蛭のおまえも、これで女子どもの血は吸えまい」

甚五はそうつぶやくと、ふっと笑みを浮かべた。

左門がいいそうな台詞だ、と気がついたからだった。

成二郎の足音が聞こえてきた。大きな身体だから、足音も大きい。

「これで、一段落だ。おれの仕事は終わった」

ひとりごちた甚五は、倒れた蛭を残して、どこぞに姿を消していった。

博多の蛭が倒れているのを見て、成二郎は急いで縄を打つ。

「甚五が先に来ていたはずだが……」

どこに消えたんだ、と周囲を見まわすが、それらしき姿は目に入ってこない。

やがて、がやがやと、左門たちの声が聞こえてきた。

成二郎は、つぶやいた。

「隠密同心、秋村逸之条さま。お勤め、ご苦労さまでした」

よう、俵屋、捕縛したか、という左門の声が聞こえた。

「女たちは、みな別室に押しこまれていたぞ。みな助けたから、心配はいらん。千代さんも元気だ」

はい、と成二郎はまた暗闇にお辞儀をして、

「いま、まいります」

と、みながいる場所に戻っていった。


翌日のことである。

左門は、薬を作っている喜多に、酒を頼んだ。

馬鹿なことというな、という喜多に、左門はいった。

「私が飲むのではない。甚五に飲ませるのだ。今回、やつの働きは目を見張るものがあったからのぉ」

「そうですか、これからお訪ねになるのですか」

「そうしたいと思っておる」

「では、私もご一緒いたしましょう。左門さんが飲んでは困りますゆえ、見張りです」

するると、夕剣から今日は休んでもいいと許しを得た右門もやってきて、三人で小柳町の長屋に向かうことになった。

だが……。

「甚五さんは、昨夜から戻っていませんよ」

せっかく着いたのに甚五の姿はなく、木戸番がそう教えてくれた。

「おや、どこに行ったんだ。まぁ、待ってみるか」

部屋に入ると、もちろん誰もいないのだが、押し入れの前に衣桁《いこう》があり、そこにいつも甚五が着ている小袖がぶらさがっていた。

それをじっと見ていた左門がいった。

「どうやら、甚五は消えたらしい」

「でも、ここに小袖が」

「これは、みんなへの置き土産だ」

左門は衣桁の前に座ると、部屋の端にあった膳を持ちだし、そこに、持ってきた酒と徳利を並べた。

「おい、盗人。私はおまえが好きだったぞ」

銚子に、一滴、酒を垂らして飲んだ。

「おい、甚五、盗人、おまえも飲め、さぁ飲め、もっと飲んでくれ……」

何度も何度もお替わりをする左門に、右門と喜多は涙をおさえながら、

「甚五さんは、どこに行ったんでしょうねぇ」

喜多の声も涙に濡れている。

日本橋の東詰。

「左門さん、右門さん……喜多さん。私はあなたたちが好きでした。もっといろいろ話をしたかった」

裏神保小路に向けて、そう言葉を落とすと、

「あらたな仕事が待ってる。しばし、江戸よさらば」

橋を渡る秋村逸之条の頬に、秋の気配を映した影が差していた。

コスミック・時代文庫

若《わか》さま左《さ》門《もん》捕《とり》物《もの》帳《ちよう》
さらば隠密

2023年5月25日　初版発行

【著 者】
聖《ひじり》　龍《りゆう》人《と》

【発行者】
相澤　晃

【発 行】
株式会社コスミック出版
〒154-0002 東京都世田谷区下馬 6-15-4
代表　TEL.03(5432)7081
営業　TEL.03(5432)7084
FAX.03(5432)7088
編集　TEL.03(5432)7086
FAX.03(5432)7090
【ホームページ】
http://www.cosmicpub.com/
【振替口座】
00110-8-611382
【印刷／製本】
中央精版印刷株式会社

乱丁・落丁本は、小社へ直接お送り下さい。郵送料小社負担にて
お取り替え致します。定価はカバーに表示してあります。

ISBN978-4-7747-6472-6 C0193